京都祇園もも吉庵のあまから帖2

志賀内泰弘

PHP
文芸文庫

○本表紙デザイン＋ロゴ＝川上成夫

もくじ

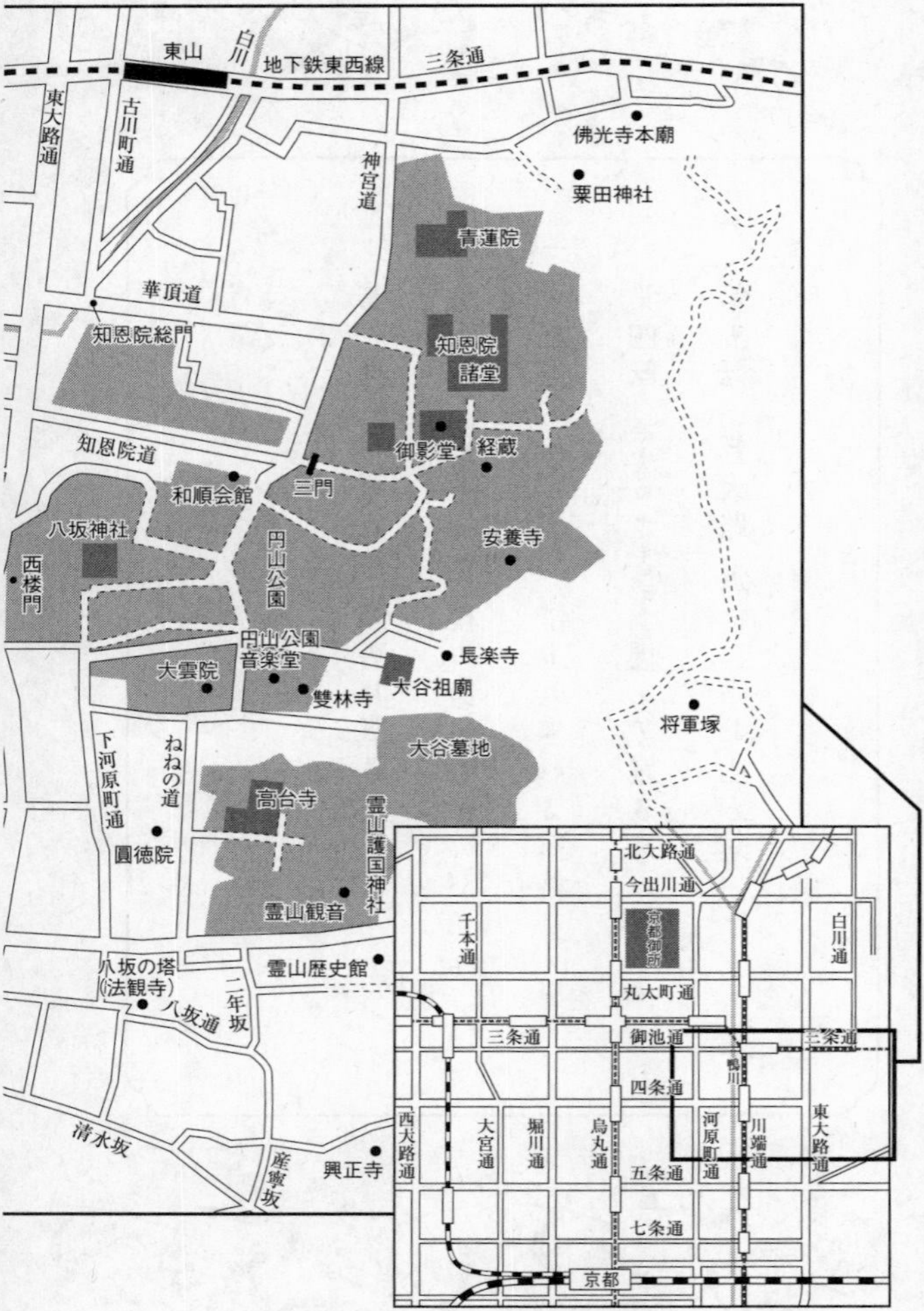
東山
白川
地下鉄東西線
三条通
東大路通
古川町通
神宮道
佛光寺本廟
粟田神社
青蓮院
華頂道
知恩院総門
知恩院
諸堂
知恩院道
御影堂
経蔵
三門
和順会館
八坂神社
西楼門
円山公園
安養寺
円山公園
音楽堂
長楽寺
大雲院
雙林寺
大谷祖廟
将軍塚
下河原町通
ねねの道
大谷墓地
高台寺
霊山護国神社
圓徳院
霊山観音
八坂の塔
(法観寺)
霊山歴史館
八坂通
二年坂
清水坂
産寧坂
興正寺
北大路通
今出川通
京都御所
千本通
白川通
丸太町通
三条通
御池通
三条通
四条通
鴨川
西大路通
大宮通
堀川通
烏丸通
河原町通
川端通
東大路通
五条通
七条通
京都

祇園町付近図

もも吉庵界隈
檀王法林寺
三条通
地下鉄東西線
三条京阪
河原町三条
三条大橋
京阪三条
瑞泉寺
若松通
六角通
先斗町通
高瀬川
河原町通
花見小路通
古門前通
誓願寺
裏寺町通
大和大路通
木屋町通
鴨川
新門前通
辰巳大明神
新橋通
川端通
白川
寺町通
新京極通
四条河原町
祇園会館
京都河原町
四条通
四条大橋
南座
一力亭
京都高島屋
祇園四条
仲源寺
花見小路通
有楽稲荷
祇園女子技芸学校
団栗橋
正伝永源院
仏光寺通
京阪本線
新道通
建仁寺
祇園甲部歌舞練場
大和大路通
河原町高辻
安井金比羅宮
宮川町通
恵美須神社
禅居庵
八坂通
松原橋
河原町通
寺町通
松原通
六道珍皇寺
東大路通
六波羅蜜寺
清水五条

登場人物紹介

もも吉《きち》　祇園の〃一見《いちげん》さんお断り〃の甘味処《かんみどころ》「もも吉庵《あん》」女将《おかみ》。
元芸妓《げいこ》で、お茶屋を営んでいた。

美都子《みつこ》　もも吉の娘。京都の個人タクシーの美人ドライバー。
舞妓《まいこ》・芸妓時代は「もも也《や》」の名で名実ともにNo.1だった。

隠源《いんげん》　建仁寺《けんにんじ》塔頭《たっちゅう》の一つ満福院《まんぷくいん》住職。「もも吉庵」の常連。

奈々江《ななえ》　舞妓修業中の「仕込《しこ》みさん」。十五歳で一人、祇園にやってくる。

朱音《あかね》　老舗和菓子店、風神堂の社長秘書。入社一年目。
ちょっぴり〃のろま〃だけど心根の素直な女性。

おジャコちゃん　もも吉が面倒を見ているネコ。メスのアメリカンショートヘアーで、
好物は最高級品の「ちりめんじゃこ」。

第一話　年暮れて　京の片隅華が咲く

「熱っ熱っ……」

「美都子《みつこ》、あんた気ぃつけぇや、舌やけどするさかい」

と、もも吉《きち》に注意されたが美都子は箸《はし》を休めない。

「待ち遠しゅうて、つい。フーフー……ああ～お母さん、温《あった》まるなあ～」

「ほんまやなぁ、身体《からだ》の芯まで温《ぬく》うなる」

大きな器《うつわ》に、分厚く輪切りにした大根がゴロリと三つ。それに、お揚げさんが一枚。いずれも、よぉ～お出汁《だし》が染みている。

「奈々江《ななえ》ちゃん、三つも食べられる？」

「おおきに、美都子さんお姉さん。とても美味《おい》しゅうおす。田舎《いなか》を思い出してしまいました。お婆ちゃんがよく大根と魚の汁、作ってくれはったから」

美都子は夢中で箸を口に運んだ。

「大根がこないに美味しいって思えるのは不思議やなぁ、お母さん」

「ひょっとしたら、中村楼《なかむらろう》さんや吉兆《きっちょう》さんの料理よりご馳走《ちそう》かもしれへん」

菅原道真公《すがわらのみちざね》をお祀《まつ》りする北野天満宮《きたのてんまんぐう》から、東へ歩いてほどない距離。

美都子ともも吉、そして奈々江は大報恩寺《だいほうおんじ》の境内《けいだい》にいた。鎌倉時代に開かれた由《ゆい》緒《しょ》あるお寺で、京都の人には千本釈迦堂《せんぼんしゃかどう》とも称され親しまれている。

京都へ初めて仕事で訪れた人が、老舗《しにせ》の商家でこんなやりとりをして戸惑《とまど》ったという。

「古いお店ですね」

「それほどでもあらしまへん」

「でも、この柱はいかにも……」

「みんな戦争で焼けてしもうて」

おかしいな……少なくとも百年以上は経《た》っているように見えるけど。そう思い、聞き返す。

「戦争って、太平洋戦争？」

「違います」

「ああ、明治維新の時の鳥羽伏見《とばふしみ》の戦いとか」

「いえ、応仁《おうにん》の乱どす」

もちろん、ジョークである。だが、幾度も戦火に見舞われ、町じゅうが丸焼けになったのは事実。ゆえに、そんな話がまことしやかにささやかれるのが、京都の町なのだ。

しかし、この千本釈迦堂の本堂は応仁の乱でも焼け残った。市内で一番古い建物として国宝に指定されている。にもかかわらず……日ごろ、観光客はほとんど訪れない。

ところが、である。十二月の七日と八日は、大勢の人が参拝《さんぱい》に訪れる。京の師走《しわす》の風物詩《ふうぶつし》である「大根焚《だいこだ》き」が催《もよお》されるからだ。ここには、旅人の姿は少ない。大半が地元の人たちだ。それだけ京都に住まう人から信仰を集めているといっていいだろう。

美都子は、今年も母親のもも吉と「大根焚き」に訪れていた。

境内は、人、人、人であふれかえっている。本堂の前では線香《せんこう》の煙が立ち上《のぼ》る。その脇には、お守りや梵字《ぼんじ》の経文《きようもん》が書かれた生《なま》の大根が並ぶ。ところどころに、老舗の和菓子屋、漬物屋などが出張販売の店を出している。長い列に並ぶのに飽きた参詣者《さんけいしや》は、連れの者を列に残して交互にお土産《みやげ》を買ったりして時間をつぶす。ようやく順番が来て大根を受け取れた人たちは、所狭しと並べられた床几《しようぎ》に座って、フーフーしながら食べている。

美都子は、十年余り前、祇園《ぎおん》の芸妓《げいこ》だった。その後、大手の京雅《きようが》タクシーに勤め、先ごろ個人タクシーの資格を得て、独立したばかりのドライバーだ。

美都子は十五で祇園甲部《こうぶ》の舞妓《まいこ》になった。

芸名は「もも也《や》」。

母親が女将《おかみ》を務めるお茶屋で生まれたため、ものごころがついた時から、舞妓《まいこ》さん、芸妓さんがそばにいた。三味線《しゃみせん》の音色《ねいろ》を聞いて育ち、まるで遊び道具のように弾《ひ》き始めた。同級生が水泳や体操教室に通うのと同じ感覚で、踊りを習った。

母ひとり子ひとりだが、淋《さび》しいと思ったことは一度もない。周りが賑《にぎ》やかで華やいでいたせいかもしれない。

やや目じりが下がり、いつも微笑《ほほえ》んでいるように見える瞳。

スーッと筋の通った小高い鼻。

占いでは「恋多き性格」と言われるふっくらとした唇。

二十歳《はたち》で芸妓になると、生まれながらに人の心を魅《ひ》きつける眉目《びもく》に、多くの旦那《だんな》衆《しゅう》が贔屓《ひいき》にしてくれ、たちまち祇園で№１の芸妓になった。

だが、その期間は長くない。二十七歳の時、もも吉とのふとした口喧嘩《げんか》がきっかけで、芸妓をあっさりと廃業してしまう。そして、タクシードライバーに転身した時には、祇園中が大騒ぎになった。

そんな美都子の母親ももも吉も、お茶屋の娘という生粋《きっすい》の祇園の女である。十五で舞妓のお店出しをした。「お店出し」とは、「仕込みさん」と呼ばれる修業の段階を経てお客様の前に出られる、「お座敷デビュー」のことだ。二十歳で芸妓となり、美貌《びぼう》と踊りの「才」から人気を博した。そう、二代続けて、名実ともに祇園№1の芸妓だった。その後、もも吉は母親の急逝《きゅうせい》でお茶屋の女将を継ぐが、美都子がドライバーになったのを機に、店を甘味処《かんみどころ》に衣替えをしている。

美都子が、だし汁をすすりながら、

「行列に並んでる時は、足元からしんしん冷えてきてかなわんかったわぁ」

と言うと、もも吉が切り返す。

「何言うてるんや。辛抱《しんぼう》したおかげで、美味しいんやないか」

「ほんまや、辛抱してよかった。その分、何倍も美味しいわ。久美子《くみこ》さんお姉さんにも、食べさせてあげたかったなあ」

そう言う美都子に、もも吉も頷《うなず》く。久美子とは、もも吉らと同じ祇園甲部の元・芸妓のことだ。若い時分に東京の華道の家元に嫁いだのだが、毎年、暮れになると京都へ里帰りをする。その際、三人で大根焚きに来るのが決まり事のようになっていた。

「なんや用事が入ったとかで、急に来られんようになったらしいんや。悔《くや》しがってたでぇ」ともも吉。

「えらい忙しいお人やさかいに仕方おへんなあ」

さて、その久美子は同伴《どうはん》できなかったが、今年、もも吉と美都子は、かわいい後輩を連れて来ていた。

舞妓になるために修業中の仕込みさん、奈々江だ。

まだ十六歳。

あの大震災で、両親や妹など近しい家族をすべて海に奪われてしまった。唯一生き残ったのは、奈々江とお爺《じい》ちゃんだけ。そのお爺ちゃんも病気がちで、頼るところがなく舞妓になるべく祇園へやって来たのだ。

「屋形《やかた》」と呼ばれる置屋《おきや》に住み込み、昼間は舞踊・長唄《ながうた》・三味線・常盤津《ときわづ》・華道などを習得するため祇園女子技芸学校に通う。帰宅してからがこれまた忙しい。先輩の舞妓・芸妓の世話から、炊事・洗濯まで家事をこなす。その隙間の時間を見つけては、踊りのおさらい。床《とこ》に就けるのは深夜の三時である。

もも吉は微笑《ほほえ》み、奈々江にやさしく話しかける。

「ええか、覚えときなはれ。大根焚きいうんはな、お釈迦様が『さとり』を開かれた日にあやかって始められたものなんや」

奈々江は、ぱっちりとした丸い瞳でもも吉を見つめて尋《たず》ねた。

「どんなご利益があるんどすか」

「中風封《ちゅうぶうふう》じに効く言われてる。いわゆる脳卒中やな。その他、どんな病気でも治してくださるそうや。この寒空の下で、これだけ汗かくほど温うなるんやから、効《き》き目は間違いなくありそうやな」

美都子が言う。

「奈々江ちゃんのお爺ちゃんの病気のこと、一緒に祈ってあげるさかい、残さんように食べてしまい」

「はい！　美都子さんお姉さん、おおきに」

美都子は、この奈々江が祇園の街にやって来た頃、かなり厳しく当たっていたことを思い出した。

最近はインターネットでの募集を見て、全国から、「舞妓になりたい」という女の子がやってくる。「きれいな着物が着られるから」とか「みんなに写真を撮られたい」などという安易《あんい》な志望動機が多いので、辛抱《しんぼう》できずに途中で辞めてしまう者も多い。修業時代、誰よりも厳しくしつけられた美都子には、それが不快に思えてならなかった。

しかし、奈々江の身の上を知ってから気持ちが変わった。表向きは厳しく教えはするものの、誰も見ていないところでこっそりと励ますようにしている。今では花《か》街一《がい》、奈々江のことを可愛《かわい》がっている。

「奈々江ちゃん、入れ物、持って来たやろ」

「はい、琴子《ことこ》お母さんに頼まれました」

奈々江は、余分に三人分の引換券を求めている。屋形「浜ふく」の女将・琴子から言いつかってきたのだ。

「うちが詰めてあげるさかい、はよ食べなはれ」

美都子は、まるで本当の姉のように、奈々江の手からパック容器を受け取ると、大根を詰め込んだ。おそらく、屋形の舞妓、芸妓たちの今夜のおかずの一品になるのだろう。

もも吉が、すっくと立ち上がって美都子と奈々江を促《うなが》した。

「次のお人がぎょうさん待ってはる。帰りまひょ」

「へえ」

三人はお盆と器を返却して、人ごみをかきわけながら進む。来た時より一段と人の数が増えたようだ。それだけ、誰もが病を遠ざけたいと願っている証《あかし》だろう。その時だった。美都子が声を漏《も》らした。

「あれ、朱音《あかね》ちゃんやない？」

もも吉は、美都子の視線の先に眼を向ける。

「なんや叱られてるみたいやな」

〝風神堂《ふうじんどう》　銘菓《めいか》　風神雷神《らいじん》〟という、人の背丈よりも高い幟《のぼり》を立てた出店《でみせ》の奥に、ぽっちゃりして背の低い女の子が、中年の女性に何か言われている。先輩か上司だろうか。うつむいて「すみません、すみません」とペコペコ頭を下げている。ただでさえ背が低いのが、縮こまって消えてなくなりそうだ。

少し離れているが、それでも声がところどころ聞こえて来た。

「あんた、もうちびっと早くでけへんの？」

叱っている女性は、意地悪そうには見えない。怒っているというより、「あきれ果てている」という顔つきだ。「ふう〜」と女性は腰に両手を当てて溜息《ためいき》をついた。

「日が暮れてしまうで……こないに不器用な子は初めてやわ……」

「すみません」

美都子が「朱音ちゃん」と呼んだ女の子は、右手によれよれになった風神堂の包装紙をだらりと持ち、詫《わ》び続けている。おそらく、商品を包むのが苦手なのだろう。

「もうええ。そんなに謝られたら、うちがなんやイケズしてるみたいやないの」

「すみません」

美都子は、溜息をついた。

「ええ娘なんやけどなあ」

「京極《きょうごく》はんも、ええ娘《こ》やて言うてはる」

もも吉も頷く。京極とは、朱音が勤める風神堂の社長だ。

「なんとかしてやりたいんやけど」

美都子は、どうしようもなくせつない気持ちで、もも吉に救いを求めるように顔を向ける。

「今は辛抱《しんぼう》の時や」

「そんな～、確かにせやけど」

美都子は訴えるように口を尖《とが》らせた。

「なんやお母さん冷たいわあ。いつもみたいに、ええアドバイスしてやってほしい思うたのに」

「ええか、美都子。物事いうんはな、早《はよ》うでけたらええいうもんとは違うんや。パパッとすぐにでけるようになるより、時間がかかる方がええこともあるんや……なあ、奈々江ちゃん」

奈々江は、急に自分の名前を呼ばれてキョトンとしている。

美都子は、いかにも不服そうに今度は頬《ほお》を膨《ふく》らませていた。

「さあさ、帰りまひょ」

もも吉に促され、一同は千本釈迦堂を後にした。


朱音は、社会人一年生。

この春、安土桃山《あづちももやま》時代創業という老舗和菓子店「風神堂」に就職した。銘菓「風神雷神」は進物《しんもつ》の高級ブランドとして有名だ。黒糖で作った羊羹《ようかん》を、烏骨鶏《うこっけい》の卵を生地《きじ》に練り込んだカステラでサンドしたもの。マッチ箱一つほどの大きさで、なんと高級ホテルのコーヒー一杯分の値段がする。また、風神堂は大手百貨店に出店、銀座をはじめとして全国に、和と洋がコラボした高級カフェを展開している。

多くの会社と同じように、朱音も最初の一か月間、製造ラインの作業体験や店舗《てんぽ》での接客研修を受けた。ところが、ミスの連続。生《なま》菓子の製造工場では、もたもたして、何度もラインを止めてしまった。各店へ商品を届ける配送車に詰め込みをする仕事でも、時間に遅れて叱られた。なかでも店頭での販売実習は最悪だった。包装の手順を教えられたが、アルバイトの大学生から「足手まといや」などと言われる始末。

もっともそれは、今に始まったことではない。朱音は小学校の頃から、「ノロマでダサイ」と言われ続けてきたのだ。にもかかわらず、五月の正式な配属で、社長秘書を命じられた時には「なぜ、私が……」と茫然《ぼうぜん》とした。それには本人はもとより、周りの社員が驚いた。

「間違って採用しちゃったんだよ」

「ホント役立たずだよね」

「ミスして取り返しのつかないことにならないように、仕方がないから社長室に置いておこう、ってことになったらしいで……」

そんな声が、朱音の耳にもどこからともなく聞こえてきた。

辛くて、何度も会社を辞めようと思った。

それでも朱音は、コツコツと一歩、いや半歩ずつ前に進んだ。時おり思い出すのは、亡くなったお婆ちゃんの言葉だ。

「ふつうのことを、ちゃんとしていればいい」

これが、心の支えだ。もっとも、「ふつう」も「ちゃんと」もなかなかできなくて悩み続けているのだが……。

この夏、京極社長に連れて行ってもらった、甘味処「もも吉庵《あん》」のもも吉お母さんから、こんなことも教えてもらった。

「ええか、朱音ちゃん。仕事いうんは、頑張るもんやない。気張《きば》るもんや。『頑張る』と『気張る』、似てるけど違うんや」

と。『頑張る』というのは、『我を張る』こと。つまり自分一人の頑張り、独りよがりのことだという。それに対して、『気張る』というのは、『周りを気遣って張り切る』ことなのだそうだ。

「仕事は一人ではでけへん。周りの人たちを巻き込んで、助けたり助けおうたりして、いろいろな考えを一つにまとめて自分の力を発揮《はっき》することや、ええな」

朱音は、自分でもわかっていた。何をしても人より遅い。人より鈍《にぶ》い。それだけに「気張る」ことを心掛けて、今日まで辞表を出さずに済んできたのだった。

頑張っている……いや気張っている……つもり。

でも、いつもみんなの足手まといになる。

そう思うと、辛くて、辛くて、おかしくなりそうだった。

昨日の夕方、帰り支度《じたく》をしてロッカー室から出て来たところを、秘書室の成田《なりた》室長に呼び止められた。

「朱音クン！　悪い、明日空《あ》いてるかな？」

「なんでしょうか」

「今、南座前《みなみざまえ》店の店長から電話があってな。明日と明後日、千本釈迦堂の大根焚きの出店へ来てもらう予定のバイト君が風邪《かぜ》ひいてダウンしたらしいんや。急やし困ってしもうてるらしくてなぁ。誰か本社から応援よこしてほしい言うて泣きつかれたんや」

「別に用事はありませんけど……」

成田室長は、

「ああ〜よかった、キミが頼りや。休みの日に申し訳ないけど、頼むわ。詳しいことは店長に聞いてや」

風神堂では、花見や紅葉《こうよう》などの観光シーズン、それに祇園祭などの繁忙《はんぼう》期になると、市内の各店舗へ本社から応援部隊を派遣《はけん》する。総務部、コンピューター室、広報部など間接部門の人たちも、店頭での接客のお手伝いをするのだ。それが風神堂では日常茶飯事《にちじょうさはんじ》になっていて、朱音もそんな頼まれ事には慣れていた。

ところが……、いや、案の定。いつもより早起きして、千本釈迦堂境内に着くと、朱音の不安は的中してしまった。

南座前店で副店長をしている顔馴染《かおなじ》みの若王子《わかおうじ》さんの姿を見つけて、

「おはようございます！」

と挨拶《あいさつ》するなり、「よりによって」という渋《しぶ》い顔つきで、

「あんたかいな、応援って」

わかった。

と言われてしまった。応援に来たはずなのに……歓迎されていないことがすぐに

さもありなん。この秋のことだった。朱音は風神堂南座前店に二週間、お手伝いに出掛けた。一年中、ひっきりなしに来店客が多い店なのだが、修学旅行シーズンは特に人手が足りなくなる。修学旅行生は、決められた少ないお小遣《こづか》いでお土産を買う。そのため、購入単価が細《こま》かい。その上、大勢でどっと店内に入ってきて、「何がいいかなあ」と悩むので、相談にも乗ってあげなくてはならない。要するに、手間《てま》がかかって面倒なお客様なわけだ。もちろん、お客様第一。中・高校生でも、紳士《しんし》・淑女《しゅくじょ》としておもてなしするのが風神堂のモットーだ。

そんな中、のろのろ、もたもたしている朱音は、みんなのお荷物だった。

最初は、店頭で接客をしていた。ところが、あまりにも丁寧《ていねい》というか、「お客様とオシャベリばかりしている」と言われ、「表に出なくていいから、奥で商品を包んでいなはれ」と言われた。でも朱音は、別にサボってオシャベリしているつもりはなかった。

その時、北海道から生まれて初めて京都へ来たという老夫婦が、来店された。酪《らく》農家《のうか》で、牛の世話のため、一泊でも出掛けるなんてことはとてもできなかったとい

う。それが、今回、金婚式を迎えたお祝いに、お孫さんから旅行券をプレゼントされたという。奥さんが言う。

「本当はね、嫁が気遣《きづか》ってくれたことはわかっているんです。いい嫁なんですよ、働き者でね。私が早起きして頑張るから、遠慮なく行って来てって」

「それはよかったですね」

「それでね、みんなにお土産を買って帰りたいんだけど、若い人たちの好みがわからなくてねぇ、何がいいかしら」

「みなさん、甘いものはお好きですか？　もしよければ、うちの『風神雷神』が一番だと思います。ちょっとお高いですが」

「それがねぇ、息子はこの前の人間ドックで甘いものを控えるように言われたし、孫はポテトチップスみたいなものが好きで……」

「う～ん、困りましたねぇ。うちは甘いもんばかりですし……」

朱音は老夫婦の顔を交互に見つめて溜息をついた。

「いえいえ、『風神雷神』は有名だからって、この人に連れて来られたんです。だから、小さいので申し訳ないけどお一ついただくわ」

「ありがとうございます。甘いものが苦手でしたらお土産は、五色豆《ごしきまめ》で有名な豆政《まめまさ》さんのお豆なんていかがですか？」

「あら、五色豆って聞いたことがあるわ」

「そこに、ツーンとくるわさびのお豆があるんです」

「あら、それにしましょうか、あなた？　……でも、どこにお店があるのかしら」

朱音は、すぐさま夷川通《えびすがわどおり》の本店の電話番号を調べて、そこまで行く道のりの地図を書いてあげた。

表まで老夫婦に手を振ってお見送りして戻ると、若王子副店長に呼ばれた。

「あなたね、丁寧なのにもほどがあるわよ。第一、うちの商品一つ売っただけで、他のお店の宣伝してどうするのよ」

そばで聞いていた学生アルバイトの二階堂《にかいどう》にも、ぼやかれた。

「副店長、ホント堪弁《かんべん》してくださいよ。この忙しいのに、ただの足手まといじゃないですか」

「二階堂クン、それは言い過ぎ！」

「だって……」

（お婆ちゃんに言われたように、ふつうのことを、ちゃんとしているつもりなのに……なぜ、私はダメなの）

肩身が狭いとは、こういうことを言うのだろうか。朱音は、泣きたくなった。奥へ引っ込み、黙々と商品を包んだ。そこへ、ヒソヒソ声が聞こえてきた。

「なんで風神堂の正社員が務まるのかしら？　よっぽど私の方が優秀だわ」

「シッ」

チラッと見ると、派遣社員の女の子だ。若王子が、人差し指を口元に立てて「シー」というポーズを取って、

「聞こえるやないの……我慢してよ。せっかく応援に来てくれてるんやさかいに……まあ応援いうても、はずれくじやけどね」

そう言い、クスクスと笑い合った。

朱音は、また泣きたくなった。


さて、大根焚きの初日、十時。

千本釈迦堂の境内には、始まる前からかなりの参拝客が列をなしていた。朱音は、そんな辛い出来事を思い出しつつも、大根焚きが始まると懸命《けんめい》に接客に努めた。

だが、……そう容易《たやす》くは上達するものではない。

やっぱり、南座前店の時と同じだった。

「あんた、もうちびっと早くでけへんの？　……丁寧にもほどがあるわ……」

またしても若王子副店長に注意された。

「すみません……私、不器用だから、せめて丁寧にと思って……」

「あんたが丁寧なんはわかってる。ニコニコして愛想《あいそ》もええ。でもな、あんた。一つ商品包むのに、そないに何度も包みなおしてたら、日が暮れてしまうで。第一、包装紙がしわくちゃやないの」

「……」

「うちも、大勢教えてきたけど、こんなに不器用な子は初めてやわ」

「ごめんなさい」

たまにしか店頭に立たないので、包装作業は未だに苦手なのだ。練習しなくちゃ、と思うのだが、家に帰ると疲れてバタンキュー。休日も秘書検定の勉強で精いっぱい。自分の努力不足が原因であることは、自覚していた。

朱音はよれよれになった風神堂の包装紙をだらりと持ち、立ち尽くした。

「もうええ。そんなに謝られたら、うちがなんやイケズしてるみたいやないの」

「すみません」

「今日は、よう売れてるさかい追加の『風神雷神』を車から取って来てくれるか、ここに並べるだけならでけるやろ。キー渡すから頼んだえ」

朱音は若王子からキーを受け取り、駐車場へと向かった。

ささてさて、その帰り道。

車から大きな段ボール箱を抱えて戻って来た朱音は、甲高《かんだか》い皺《しわ》がれた声に立ち止まった。

「こんなにぎょうさん並んでるとは思わへんかったなぁ」

声の主は通りの外まで並んでいる行列の、最後尾のお婆ちゃん二人組のようだ。

「そやなぁ、去年はすぐやったのに」

「どないしよ、うち寒うてかなわんわ」

「うちも凍《こご》えそうや」

朱音は迷わず声を掛けた。

「あの～」

「……なんやの？」

声は掛けたものの、大きな段ボール箱を抱えているので、二人組の姿は見えない。目の前の仏具屋さんの軒先に、段ボール箱を置かせてもらいポケットから使い捨ての携帯カイロを取り出して言った。

「よかったら、これ使ってください」

「え!?　ええの？」

「はい、一つずつですが……」

「でも気持ちだけ受け取っとくわ」

と二人が言う。

「……」

「うちは厚着してきたからええんやけど、この人、すぐやからって薄い上着しか着てこおへんかったんや。だから、せっかくやけどカイロ一つでは……」

そう言われた連れのお婆ちゃんは、ブルブルと震《ふる》えている。

「それでしたら、私のダウンを着てください」

朱音は、返事も待たずにサッと脱ぎ、ダウンジャケットを差し出した。

それは包装をしている時の朱音とは、まるで別人のように素早い動作だった。

「え⁉……でもあんたが困るんやないの？」

「私は運動して暑いくらいです。若いし大丈夫ですよ」

「でも、借りたら返さなあかんやろ」

薄着のお婆ちゃんは、申し訳なさそうに言う。

「私、この境内で夕方までお菓子売ってますから、帰られる時に寄ってくださったら結構ですよ」

震えているお婆ちゃんが、段ボール箱に印字してある文字をチラリと見て応えた。

「なんや、風神堂さんの方《かた》やないの、うち大好きや」

「嬉《うれ》しい！　ありがとうございます」

「お高いから、なかなか口には入らへんけどな。そこまで言わはるんやったら……」

ダウンを受け取って、羽織《はお》ってくれた。

「これは温うてええわ、ほんまおおきに」

厚着のお婆ちゃんが聞いて来た。

「あんた、ひょっとしてお婆ちゃん子か？」

朱音は、「え!?」と戸惑いつつも「はい」と答える。

「やっぱりなあ」

「なんでわかったんですか」

「なんでって、今どき、こんなお婆ちゃんに誰が親切にしてくれるんや。なあカズちゃん」

「そやなぁ。嫁も冷たいし、嫁のママ友とやらも道で挨拶《あいさつ》してもお辞儀するだけや。具合悪うて鍼《はり》に行くところやのに」

そう話しながら、厚着のお婆ちゃんが腰をさすっているのが気にかかった。

「腰が痛むんですか？」

と朱音が尋ねると、

「そうなんや、ずっとなぁ。昔、立ち仕事してたことが長かったせいでな」

「どんなお仕事です？」

「四条河原町《しじょうかわらまち》の髙島屋に勤めてたんや」

「へえ～」

「これでも若い頃は美人で、うち目当てのお客さんが何本もネクタイ買《こ》うてくれたんやで」

「うそばっかりや」

「あはは」

お婆ちゃん二人は大笑いしている。そう言いつつ、まだ腰をさすっている。かなり痛むらしい。

「腰揉《も》んで差し上げましょうか？　いつもお婆ちゃんの腰、さすってあげてたから上手《うま》いんですよ。よく効くツボもわかるし」

「おおきに。それはええけど、なんや仕事の途中と違うの？」

「あっ……そうでした」

「あはは、おもろい娘《こ》やなぁ」

朱音は再び、段ボール箱を持ち上げて小走りに出店の場所へと戻った。

　やっぱり。またまた若王子さんに叱られた。

「あんた！　どこ行ってたのよ？　駐車場まで取りに行くのにとれだけかかってるの!!　もういいわ、早く裏で準備してね」

「クシュン」

「あんた、そういえば、ダウンどうしたのよ」

「寒い……」

　朱音は、小刻みに震えながら、苦笑《にがわら》いして微笑んだ。

（見栄《みえ》張って、ダウンを貸してあげたのは失敗だったかしら。でも、久しぶりにお婆ちゃんと話しているみたいで楽しかったわ）

　若王子に、その微笑みの理由が伝わるわけもなく、「もう知らないわよ、風邪ひいても」と言われてしまった。


　北山おろしが身に堪《こた》える。

　暮れも迫る、今日は冬至《とうじ》。

　この時期の京都では、東本願寺《ひがしほんがんじ》・西本願寺《にし》のお煤《すす》払い、東寺《とうじ》の終《しま》い弘法《こうぼう》、矢田《やた》寺《でら》や安楽寺《あんらくじ》のかぼちゃ供養《くよう》、北野天満宮の終い天神と続き、暮れの行事が目白押《めじろお》しだ。

柳生《やぎゅう》久美子は、京都駅・新幹線八条口を出た。

薄く茶に染めたミディアムヘアに、真珠のイヤリングが揺れる。すれ違う者の幾人かが振り返った。古稀《こき》に手が届こうというのにもかかわらず薄化粧で、若々しく気品あふれる容姿は否応《いやおう》なく「家柄」を醸《かも》し出している。

寒風に、慌《あわ》ててカシミヤのファー襟ロングコートのボタンを留めた。

「おかえりなさい、久美子さんお姉さん」

「お久しぶり、美都子ちゃん。お迎えおおきに」

「ううん、早《は》よ会いとうて待ちきれへんかった。山鉾巡行《やまほこじゅんこう》の先頭をゆく長刀鉾《なぎなたほこ》の高さほど積もる話があるんよ。今日はそいで仕事お休みしてしもうた」

「ええなぁ、自由な商《あきな》いで」

「お母さんがお待ちかねや。そうそう、隠源《いんげん》のおじちゃんもなぁ」

「それは楽しみやなぁ」

毎年、暮れになると、柳生久美子は京都を訪れる。もも吉お姉さんに会うためだ。久美子はその昔、祇園甲部で芸妓をしていた。当時の名は「もも華《か》」。「もも吉」の三つ年下。妹として舞妓デビューし、揃《そろ》ってお座敷に引っ張りだこだった。二人は、実の姉妹《しまい》よりも濃く深い仲。その美人姉妹の二人を、揃ってお座敷に上げるのは、お大尽《だいじん》たちでさえも憧れだったらしい。

「久美子さんお姉さん、かんにんどす。ちびっとだけ歩いてもらえますやろか？」

「もちろんや」

鴨川《かもがわ》沿い、川端通《かわばたどおり》の駐車場に車を停めて、二人は大和大路《やまとおおじ》を渡って建仁寺《けんにんじ》の境内を抜けていく。すると、そこは観光客でにぎわう花見小路《はなみこうじ》だ。「誰もが舞妓さんになれる」という触れ込みで衣装を貸し出すお店が増えたせいで、この辺りは「一日舞妓さん」であふれかえっている。

人波を逃れるようにして右へ左へと曲がると、いつしか人通りのない小路に出る。

そこは甘味処「もも吉庵」。

表には看板はない。

いわゆる「一見《いちげん》さんお断り」のお店だ。

格子《こうし》の引き戸を開けると、転々と連なる飛び石が「こちらへ」というように人を招く。磨き上げられた石の一つひとつは、冬晴れの下《もと》、黒光りして輝いている。

上がり框《かまち》を上がって、久美子は襖《ふすま》を開ける。

店内は、L字のカウンターに背もたれのない丸椅子《いす》が六つだけ。カウンターの内側は畳敷《たたみじ》きだ。

人にはそれぞれ悩みもあれば、聞かれたくない秘密もある。お茶屋でふと漏らしたこと、ふと耳にしてしまったことも、すべて「ここだけ」のこと。詮索《せんさく》したりしないのが花街の「しきたり」だ。

苦労人のもも吉を、「お母さん」と慕《した》ってくれる人たちだけが、唯一《ゆいいつ》のメニューである「麩《ふ》もちぜんざい」を食べに来る。実は、それが目的なのではない。もも吉に悩み事を聞いてもらい、なにかしらのアドバイスをもらいたくて「もも吉庵」を訪れるのだ。

「お姉さん、ただいま」

久美子はもも吉に、満面の笑顔で迎えられた。疋田《ひった》染めの着物が気品を漂《ただよ》わせている。遠くから眺めると一見、無地だが、よくよくそばで観ると、絞《しぼ》りのように細かな模様が見える。これをオシャレというのだろう。帯は織の黒に梅鉢柄。それに金と白を撚《よ》り合わせた帯締めをしている。細面《ほそおもて》に富士額《ふじびたい》。古稀を過ぎているのに、黒髪のせいもあろうが久美子よりもずっと若く見える。

「おかえりやす」

「ミャウ～」

　もも吉が言うのとほぼ同時に、おジャコちゃんが顔を上げて鳴いた。L字の角の丸椅子にちょこんと座る。気品あふれるメスのアメリカンショートヘアー。以前、よほどお金持ちのお屋敷に住んでいたことがあるらしく、京都名物の「ちりめんじゃこ」が大好物な猫である。

「何年経っても、祇園はええなあ。うちの故郷《ふるさと》やさかい」

「久美子姉さん、おかえりやす」

　カウンター奥の端《はし》に居座るようにして構えているのは、祇園に隣接する建仁寺塔頭《たっちゅう》の一つ、満福院《まんぷくいん》の住職・隠源だ。もも吉よりも五つ、六つ年下。「先斗町《ぽんとちょう》のクラブでモテまくっている」と自分で吹聴《ふいちょう》して悪ぶっているが、実のところ真面目な人柄であることは誰もが知っている。

　隣には、息子で副住職の隠善《いんぜん》もいる。その隠善が挨拶する。

「ご無沙汰しております、久美子さんお姉さん」

「あら、ずいぶんとええ男にならはりましたな」

「え？」

　そう言われて、隠善は顔を赤らめた。隠源が言う。

「あほか、お愛想や。坊主《ぼうず》がそないなことで舞い上がってどないするんや」

「そないなことあらしまへんで、ええ男はんや。まだ結婚はしはらしまへんの？」

「今どき、なかなかお寺に来てくれる女性はいてへんのです」

そう言いつつ、隠善は美都子の方を一瞬、チラリと見た。久美子は「ははあ」と思ったが、口には出さない。すると、また隠源が茶化《ちゃか》す。

「モテへんこと言い訳にすな……さあさあ、顔ぶれが揃ったがな。頼むわ、ばあさん」

「誰がばあさんやて」

「うちがばあさんなら、久美子もばあさんやで」

「あれ、久美子姉さんは、ばあさんの娘やなかったっけ」

「なんやて！」

「まあまあ……仲がおよろしいこと」

もも吉と隠源のやりとりに、久美子は微笑みながら茶々《ちゃちゃ》を入れた。

「なにが仲がええもんか。さあさ、ばあさん、はよ麩もちぜんざい食べさせてえな」

「ぜんざいの前にな、今日は冬至やさかいに趣向《しゅこう》を凝《こ》らしてあるんや」

そう言い、もも吉は、奥の間から大きなお盆を持ってきた。上に白い布巾《ふきん》が掛けてある。

「ささて、クイズや」

「お母さん、なんやの」

と、美都子が尋ねる。

「冬至いうたら、みんなも知っての通り。『ん』の二つつくもん食べたら、『運気』が上がって縁起《えんぎ》がよろしい言われてますなぁ」

隠源がそれを受けて、

「冬至を境に日が長《なご》うなっていく。お日様のエネルギー浴びて心も身体も健康になるいうことやな」

「あんた坊さんのくせに、そない理屈っぽいこと言うたら興《きょう》ざめするやないか。『縁起がええ』でええんや」

「いかん、どうしても教養あるんがバレてしまう。知性は隠せんのう」

「もうええわ……それでここに『ん』の二つつくもん七つ用意したんや。みんなで当ててみぃ」

「はいっ！」

と真っ先に、久美子が小さく手を挙げて言う。

「ぎんなん、にんじん……それから、きんかん、れんこん」

続けて、美都子が、

「ぽんかん！」

「そや、ぽんかん……あとは……？」

隠源がニヤニヤしながら、おどけて言う。

「あんぱん、乾《かん》パン、ジンギスカン、メロンパンに天丼」

もも吉が眉《まゆ》をひそめる。

「なんや、あんたには情緒《じょうちょ》いうもんがないんかいな」

「まだまだあるで。タンメン、ちゃんぽん……あんまん、天津飯《テンシンハン》……それからラーメンチャーハン」

「ええかげんにしい、まるで中華料理屋やないの」

「あはは」

「ほっほっほ」

一同笑いの渦《うず》になった。

「まあ、それも不正解いうわけやないけど。昔から言うんは、これや」

と言い、もも吉はお盆の布巾をさっとめくった。

銀杏《ぎんなん》、人参、蓮根《れんこん》など、今あげた野菜などが盛ってある。

「ああ、南京《なんきん》と寒天か。忘れてた」

と美都子。寒天は、パックの寒天ゼリーが載せられている。隠源は口を尖らせ、

「ばあさん、それはそうと、ぜんざいはどうなったんや」

もも吉は、普段なら「そう急《せ》かさんでも」と煙《けむ》たそうに答えるところだ。ところが、ニヤニヤして……。

「今日はな、冬至に因《ちな》んで久美子ちゃんの好物用意してあるんや」

そう言い、再び奥に引っ込んでしまった。

「なんや遅いなぁ。お～い、ばあさん、まだかいな?」

「はいはい、お待ちどおさんどす」

カウンター越しに、お盆から清水焼《きよみずやき》の茶碗を久美子の前に置いた。みんなが「なんやろう?」という顔で注目する。一番先に、声を上げたのは隠源だった。

「な、なんやこれは!　……モ、モ、モンブランみたいやないか!!」

「そうや、麩もちぜんざいの上半分になぁ、モンブランクリームを盛ってみたんや。うちが栗潰《くりつぶ》して生クリームとお砂糖混ぜて拵《こしら》えたんや」

「わあ～お姉さんおおきに!　うちがモンブラン好きやの知ってて」

「そうや」

「あれ?　ちょっと待ってや」

と隠源が口をはさむ。

「モ・ン・ブ・ラ・ン……『ん』が二ついとるやないか」

「なんや、じいさん、今頃、気ぃついたんか」

「これはやられた、さすがもも吉や」

久美子は我慢できず、匙《さじ》ですくって口に含む。

「美味しい〜幸せやなぁ」

と言い、溜息を一つついて、また一口。

「ああ〜わても食べたいがな」

「さあさあ、みんなの分もすぐに拵えたげるさかい、一緒に食べまひょ」

久美子は、「もも吉庵」がこの上なく好きだった。ここに帰ってくると、すべての苦労を忘れさせてくれるほどに癒《いや》されるのだった。ずっと、ずっと、一瞬たりとも気の抜けない人生を送ってきたから……。


久美子が、祇園でもも吉の妹として芸妓をしていた期間はことのほか短い。

それは、二十三歳になったばかりの春のことだった。

「もも華」こと久美子は、ある日、池坊主催《いけのぼうしゅさい》のイベントで舞を披露《ひろう》した。その際、東京から来賓《らいひん》に招かれていた華道「柳生流」宗家《そうけ》の跡継ぎ・英斎《えいさい》に見初《みそ》められたのだ。会の後、「お付き合いを」と求められた。

「おおきに」

　と軽く受け流した。「おおきに」とは、花街では「イエス」という意味ではない。「ありがとうございます。とてもいいお話ですが、ありがたくお気持ちだけ頂戴《ちょうだい》いたします」という含みなのだ。もし、「ノー」と言えば、気まずくなる。相手様のプライドにも傷がつく。やんわりとお断りする「粋《いき》な」言葉なのだ。

　ところが、ところが……関東の男は、まっすぐだった。それも一途《いちず》に。「おおきに」を「イエス」と受け取ってしまった。

　なんと、月に五度、六度と新幹線で祇園に通い始めた。もも華に他のお座敷がかかっていても、「大丈夫です。今日は京都に泊まって始発で戻りますから何時までもお待ちします。五分でもお目にかかれたら、それで満足ですから」。

　そう言われて、悪い気がするはずもない。呼ばれたお座敷に行くと、毎回、床の間に花が生《い》けられていた。もちろん、彼の生けた花だ。「君のために生けた」と言う。押して押して、押しまくられた。そんな純粋な気持ちにほだされ、屋形のお母さんの許しも得て、ちゃんとお付き合いすることになった。それからの話は早い。トントン拍子に半年後には、東京へ嫁ぐことになったのだ。

　久美子は、端から覚悟していた。華道は祇園女子技芸学校の科目にもあり、通り一遍《いっぺん》のことなら嗜《たしな》んでいる。ただそれが通じるなどとは思っていない。家元に嫁ぐのだ。お弟子《でし》さんたちの前で、生けて見せなければならないこともあろう。「柳生流」のすべてを直々《じきじき》に手取り足取り教えてくれたのは、家元夫人で、英斎の母親・万智《まち》だった。柳生家に生まれた万智は、一人娘だったため婿養子を迎えて夫が家元を継いだ。門弟三万人を率いる十三世柳生流の台所の采配《さいはい》は、万智が取り仕切っていた。

久美子の立ち居振舞いを、万智は最初から褒《ほ》めてくれた。

「息子は、いい嫁を見つけてきた」

と。しかし、こと華道の修業は、そうそう容易く身に付くものではない。付きっ切りで基礎から指導された。夜中まで一人、おさらいをする。万智はきつくも言わないし、叱りもしない。だが、何度、万智の前で生けても、「よろしい」とは言われない。その代わり、眉を僅《わず》かにひそめ、首をほんの少し傾《かし》げる。ただ、それだけ。

ある日、言われた。

「久美子さんは言われたことはよくできています。人の何倍も呑み込みが早い。さすが、祇園で一、二を競《きそ》う踊りの名手《めいしゅ》と言われただけのことはあります。でも、大切なものが足りません」

「大切なもの？」

「はい、大切なもの。それは、柳生家の命でもあります」

「それは……？」

「それは教えられません。ご自身で会得《えとく》するのです」

それが何なのか、いつまで経っても久美子にはわからなかった。とにかく、時間さえあれば花に向かった。

「意地悪で言っているのではありません。精進《しょうじん》して悟《さと》るしかないのです。私が生きているうちに、一度でいいから褒められてみなさい」

嫁いですぐ、翌年には長男が生まれた。子育てをしながら、修業を続けた。二年、三年……。そして次男が生まれる。息子たちが高校生、中学生になっても、一度も花を褒められることはなかった。気が付くと、嫁いでから、早二十年が経っていた。

そんな時だった。

たまたま、もも吉お姉さんが踊りの会で、舞妓・芸妓たちの付き添いで上京した。もも吉は母親が急逝し、芸妓を辞めてお茶屋の女将を継いでいた。久美子は深夜に、もも吉の投宿先の部屋を訪ね、悩みを打ち明けた。すると、もも吉は……。

一つ溜息をついたかと思うとソファーに腰掛けたまま、裾《すそ》の乱れを整えた。もともと姿勢がいいのに、いっそう背筋がスーッと伸びた。帯から扇《おうぎ》を抜いたかと思うと、小膝をポンッと打った。ほんの小さな動作だったが、まるで歌舞伎《かぶき》役者が見得《みえ》を切るように見えた。

「久美子ちゃん、ええか」

「はい」

「今のあんたは、まだ蕾《つぼみ》や」

「蕾……？　もうええ歳やのに」

「黙って聞きなはれ。ええか、辛抱せんと、花は咲かへん。いや、すぐにパーッと咲く花もある。そやけどなぁ、辛抱して咲かせた花ほど綺麗《きれい》な花はないんや。今は蕾なんや。辛抱しなはれ」

華道の世界に嫁いだ久美子を慮《おもんぱか》り、もも吉は、花にたとえてくれたのだ。その一言で、久美子は腑《ふ》に落ちた気がした。

「へえ、うち辛抱します」

それから間もなくのことだった。あれほど八面六臂《はちめんろっぴ》で飛び回っていた義母《はは》・万智が病に伏せた。「もういけない」という状態になり、付きっ切りで看病した。

そんなある日のこと。その日は、「少し気分がいい」と万智が言い、ベッドから起き上がると久美子に弱々しく言った。

「久美子さんに言っておかなければならないことがあります」

久美子は、思わず背筋を正す。

「最近のあなたは、格段に成長しました。もう安心と思っています」

「え⁉」

その一言を聞いて、久美子は目頭《めがしら》が熱くなった。

「我が柳生家の祖はもともと剣の流派から分かれたものです。久美子さんは、草《くさ》薙剣《なぎのつるぎ》を知っていますね」

「はい、三種の神器《じんぎ》の一つの……」

「そうです。日本ではね、八百万《やおよろず》の神というように、万物《ばんぶつ》に神様が宿ると言われていますね。その中でも、特に鏡、玉、そして剣を依り代《よりしろ》として宿る神様は特別の存在で尊いのです」

か細いながらも、その穏《おだ》やかな口調とやさしい瞳に、久美子の心も温かくなり引き込まれていった。万智の話は続いた。

「剣に神が宿るが如《ごと》く、花にも『神』が宿るのです。いえ、花だけではありません。花器《かき》にも花鋏《はなばさみ》にも、玄関や床の間にも神様がいらっしゃるのです。だから

「……」

「お義母《かあ》さん……」

咳《せ》き込む万智の背中へ、久美子がそっと手をやる。

「大丈夫よ、久美子さん……そんな神様に『魂』を込めて生ける。それが、柳生流なのです。でも、それは口で言うほど容易いことではありません。わたくしが教えたからといって、身に付くものではないのです。長い年月、じっと花に向き合う。ただ辛抱することでしか得られない境地なのです」

万智は、久美子の手を取った。

「宗家に嫁いでくれてから、あなたをずっと見てきました。なかなか成長せず、正直やきもきしたこともありました。でも、もう心配していません。あなたの花には『魂』が宿っています。よく精進しましたね」

「お義母さん……」

「よく、ここまで辛抱しましたね」

「……」

それから数日後、万智は息を引き取った。その二年後には家元の義父《ちち》も他界。以来、久美子は十四世柳生流家元を継いだ夫・英斎を陰で支え、門弟三万人の台所すべてを仕切ることになったのだった。

「どないしたんや、久美子姉さん」

隠源に言われて、久美子は我に返った。

「なんやら美味しいもん食べさせてもろうたら、ほっこりして昔のこと思い出してしもうた」

「そうか」

みなまで聞かずとも、苦労をしたであろうことを隠源は察している。

ここで、もも吉が時計を見ながら言った。

「遅いなあ、そろそろ、おいでやす頃やのになぁ」

「なんやの、どなたか来客？」

「そうなんよ」

と言い終わらぬうちに、表の格子戸がガラリと開く音がした。飛び石の上を歩く音が聞こえたかと思うと、まもなく襖が開いて見覚えのある男性が現れた。僅かに白髪交じりの短髪は、床屋《とこや》に行ったばかりらしく清々《すがすが》しく見える。

「おお、もも華さん……いや失礼、柳生家の奥様、ご無沙汰しております」

（え!?）

一瞬、久美子は言葉に詰まった。すぐさま気を取り直して会釈する。

「あら、風神堂の京極社長はん。うちこそご無沙汰ばかりで、かんにんしとくれやす」

(なぜ?)

チラッとも吉を睨《にら》んだ。胸中で「なんでこんなイケズな」と呟《つぶや》いて。それを見透かしたようにもも吉が言う。

「なんもイケズで京極はんをお呼びしたわけやあらしまへんのどす。かんにんえ」

「……へえ」

「この前、久美子ちゃんとなぁ、電話で京都へ帰って来はる日の打ち合わせをしてた時のことや」

「……」

「お孫さんの修学旅行の話をしておしたやろ。それがえろう心に留まってなあ」

「ああ、あの話どすか」

久美子は、「なるほど」と合点《がてん》がいき、パッと笑顔に戻って頷《うなず》く。

「あのええ話、京極はんに、もう一度ここで聞かせてあげてくれへん?」

京極社長は、ただ呼び出されただけで、何のことやらわからないらしい。

「もも吉お母さん、なんやのなんやの? ええ話って」

と言い、身を乗り出した。

「わても聞きたいわ」

「僕も聞かせていただけますか？　気になります」

と、隠源と隠善も興味津々《しんしん》の様子。

「そないに、みんなで……ただ、うちは孫が京都のことを好きになってくれたことが、嬉しゅうて仕方のうて、ついつい電話で話してしまったんどす」

そう言いつつ、久美子はいかにもウキウキしながら話し始めた。

あれは、東京でキンモクセイが咲き始めた頃のことだ。久美子の孫の英輔《えいすけ》が、中学の修学旅行で京都へ行くことになった。

「お婆ちゃんは、昔、京都に住んでたんだよね」

「そうよ」

「じゃあ、別に京都のお土産いらないかな？」

「そんなことないわよ」

「じゃあ、お土産何がいい？」

と嬉しいことを言ってくれた。せびられもしないのに、ついついお小遣いを渡してしまった。

「そうやなぁ、今どき、有名なお菓子は全国どこのデパートでも買えるから、京都でしか買えないものを買ってきてもらいましょうかねぇ」

そう言い、英輔にメモを書いて渡した。それは、東京のデパ地下にも出店している和菓子屋さんのものだったが、京都市内のお店でしか販売されていないという限定商品だった。

二日目、旅行はグループ四人での自由行動になる。英輔は、メモを手にして友人らと一緒に、探し探し店にたどりついたという。店内は、観光客でごった返していた。どの店員さんも、接客で忙しく順番待ちだ。自分がお婆ちゃんのお土産を買うためだけに仲間に付き合ってもらった手前、そうそう待たせるわけにもいかない。やきもきしていたら、若い女性店員さんが奥から商品を抱えて出て来た。すかさず、英輔は声を掛けたという。

「風雷饅頭《ふうらいまんじゆう》を三箱ください」

すると、女性店員さんは、

「え!?」

と首を傾げた。英輔は、「なんだ、この人」と思った。なんだかボーッとして反応が鈍い。ちゃんと聞こえているのか、いないのか。もう一度、

「風雷饅頭三つ!」と言うと、

「そのメモを見せていただけますか?」

と言われた。英輔は、ちょっとムッとしたものの、メモを差し出した。

「あっ！　やっぱり。申し訳ございません。これはうちのお店ではないんです」

どういうことか、さっぱりわからない。カッとなって、つい大声を出してしまった。

「なんでだよ！　ここ雷神堂《らいじんどう》だろ!!」

「いいえ、うちは風神堂って言うの。紛《まぎ》らわしくってごめんなさいね、ほらっ」

と若い女性店員さんは、壁に掲《かか》げた古い額縁を指差した。朽《く》ちかけて、ところどころ虫食いの痕《あと》があるような焦げ茶色の板だ。

「この人、どこかおかしいんじゃないのかな？」と思いつつ、見上げると……たしかに「風神堂」とある。

「え!?」

英輔は顔が真っ赤になった。一緒にいる三人の友達が「バッカだなぁ」「そそっかしいゾ」と囃《はや》し立てる。

ここからは後で聞いた話。

なんでも「風神堂」と「雷神堂」の創業者は、兄弟だったらしい。それは、遥《はる》か昔、安土桃山時代のことだ。その後、家が二つに分かれた。そして、四百有余年、それぞれが「風神雷神」「風雷饅頭」という、味も形もそっくりなお菓子を作っている。巷《ちまた》では、両社はライバルで、かなり仲が悪いとも噂《うわさ》されていた。英輔にそんなことはわかるはずもない。

「おい英輔、俺たち京都国際マンガミュージアム行きてぇんだ。もう諦《あきら》めろ」

「そうだ、そうだ、もう行くぞ」

そんな会話を聞いていた女性店員さんが、

「あなたたち十分《じっぷん》だけ待ってて」と言ったかと思うと、手に持っていた商品を脇の棚に置き、「すみませ〜ん、店長！　ちょっとだけ出掛けてきます」と言い、店の外に飛び出して行ってしまった。

振り向いた店長らしき男性が呼び止めようとしたが、声を出す前に、もう姿は消えていた。英輔の仲間もみなキョトンとしている。何より「ほんわか」「のんびり」した感じの人が、急に動作が俊敏《しゅんびん》になったことに驚いた。三人は、口々に、

「何だよ仕方ねぇなあ」

「訳わかんねぇ」

と言い合ったが、「待ってて」と言われたので仕方なく店の片隅で待つことにした。

十分もかからず、あの女性店員さんが息せき切って戻って来た。そして、額に玉の汗を光らせて差し出したという。

「はい、風雷饅頭三箱ね」

「え？」

「そして、こちらがレシートよ。立て替えておいたから」

「え⁉ ……買って来てくれたの」

「ええ、すぐそこの四条大橋を渡ったところに雷神堂さんのお店があるのよ。あなたたち迷いながらうちのお店に来たみたいだったから、また迷っちゃいけないと思って。私が行った方が早いし」

「あ、ありがとうございます……」

と、英輔は慌ててポケットから財布を取り出して、代金を支払った。

こんな経験は生まれて初めてだった。さらに、京都国際マンガミュージアムまでのバスの乗り方も、丁寧に教えてくれた。あまりにも感激したので、何よりもこの出来事がお婆ちゃんへの土産話になったのだという。

久美子も、孫の話を聞いて感激してしまった。普通なら、「うちの店ではありません」と答えれば済む話。ちょっとばかり親切な人なら、表まで一緒に出で、「あの橋を渡ったところのお店です」と指をさして教えてあげるだろう。しかし……ライバル会社の商品を、お客様のために買いに行くという行為に胸を打たれた。その上、その相手というのが、修学旅行生だ。ただ一度だけの買い物客になる可能性が高い。

「それでね、この前、電話でもも吉お姉さんにこう言うたんや。いっぺん、その『若い女性店員さん』に会《お》うてお礼を言いたいってなあ。もちろん冗談っぽくや。そやけど、ちょっと気まずいことがあって、うち風神堂さんには足を向けられへんのや」

実は久美子は、それまで手土産などは、一筋にライバルの「雷神堂」と決めていた。舞妓・芸妓時代、「雷神堂」の亡き先代社長にはお座敷で大の贔屓にしていただいていた。その御恩《ごおん》を忘れないためにも、浮気して「風神堂」のお菓子は食べないようにしていたほど。そんなことから、「風神堂」の京極社長とは顔を合わせるのも気まずい思いがしてしまうのだった。

話の経緯《いきさつ》を、にこやかに聞いていた京極社長が口を開いた。

「柳生さん、全部承知してるさかいに気にせんでもええ。かえってそういう義理堅《がた》いところが柳生さんのええところや。それよりも、こんなええ話をおおきに。今日な、もも吉お母さんからな、仕事ほかしても来るように言われたんや。久し振りに柳生さん……言うたら堅苦しいから、久美子さん呼ばせてな。わてが久美子さんに会いたいと思うてやって来たんや。わては気にしとらん。そやから、これはもも吉お母さんのイケズやないんやで」

「それはおおきに」

久美子は、長年の氷塊《ひょうかい》が少しだけ解けた気がした。京極社長が言う。

「あのなぁ、着いたばかりのところ何やけど、今ならお孫さんが会われたというその女性店員に会えますよ」

「え？　ほんまどすか。名前も聞いてしまへんのに」

「名前聞かんでも、たぶん間違いないわ」

「……」

久美子は、首を傾げた。みな、妙に自信ありげな様子だ。

「今からうちの南座前店を、ちょっとのぞきに行かはりませんか？」

「え……ご一緒してくださるんどすか？」

「いやいや、わてが行くと社員たちが仕事しにくうなる。そやけど『彼女』はたぶんもたもたしているさかい、行けばわかると思いますから」

と、京極社長は何やら含み笑いをして言った。

「それがええ久美子ちゃん、行っといで」

とも吉にも勧《すす》められた。二人に背中を押されて、行かないわけにはいかない。

隠源、隠善、そして美都子もにやにやして送り出してくれた。ひょっとして、その女性店員は、よほどの有名な人なのだろうか。

久美子は、年末のせわしない雑踏を擦《す》り抜けるようにして四条花見小路の信号を渡った。左へ曲がると、もう「風神堂」南座前店だ。

店内に入ると、商品を選ぶフリをしてガラスケースを何気なく見て回る。英輔の話ではその女性店員は、背が低くてちょっと太目の体型。動きがのろくて最初は愚《ぐ》鈍《どん》な感じがしたという。

すると……ズバリ！

「ああ、きっとこの人や」という女性が目に留まった。奥で箱の包装をしている。たしかに、たしかに。その様子を見ているだけで、もどかしい。

その時だった。

店の電話が鳴った。

電光石火《でんこうせっか》、その女性は受話器をパッと手に取ると応じた。

「おおきに、たいへんお待たせいたしました。風神堂南座前店の斉藤《さいとう》でございます」

久美子は、その電話の対応にハッとした。

どうやら、注文の電話のようだ。ペンでメモをしている。

さらに、「あっ」と思ったのは、彼女が電話を終えて受話器を置いた瞬間だった。なぜか、心に温かな風が吹き抜けた気がした。その理由は明らかだった。「そお～っ」と「そお～っ」と受話器を置いたのだ。まるで、眠りに落ちた子犬を真綿《まわた》に包み、ソファーに寝かせてやるように。大袈裟《おおげさ》などではない。久美子には、本当に子犬の姿が見えるようだったのだ。

久美子は店長らしき男性に、

「あの娘さん、こちらに呼んでおくれやす」

と頼んだ。すると、「何事か」という青ざめた顔で答えた。

「何かうちのスタッフに不手際《ふてぎわ》がございましたでしょうか」

「お願いやから、呼んでおくれやす！」

少しだけ強めの口調に押されて、男性は女性店員を手招きする。「なんだろう？」というふわ～という表情で女性店員が奥からやってきた。胸の名札には「斉藤」と書かれている。

「ねえ、あなた。教《おせ》えてくらはります？」

「は、はい……」

「さっき、あなたが電話を取るのを見ていたの。そしたら、あなたは一回しかコールしていないうちに受話器を取ったのに、『たいへんお待たせいたしました』って言わはったわね。なぜ？……すぐに出たのだから、相手は待たされてはいないはずよね」

彼女は、怪訝《けげん》な顔つきながらも、はっきりと答えた。

「はい、お客様は当店に電話をされるために、電話番号を調べてかけられます。仮にスマホからかけるにしても、番号を検索《けんさく》しなくてはなりません。その時点からしたら、私の声がするまでずいぶんとお待ちになっていると思うのです……だから……」

「そ、そう……ありがとう。もう一つ」

「は、はい」

「なぜ、あなたはそんなに丁寧に受話器を置くの？」

「ああ、そのことですか」

緊張していた顔つきが、急にパッと明るくなった。そして、嬉しそうに答える。

「はい、小さい頃からのお婆ちゃんの教えなんです。『どんなものにも神様が宿っている』って。ペンにも帽子にも、それこそ道端《みちばた》の石ころにも。だから、どんなものでも、私、丁寧に扱うように心掛けているんです。電話は機械ですが、神様が宿っていると思うと自然とやさしく扱うようになれるんです。すると、電話の向こう側の人と遠く離れていても、心が繋《つな》がるというか近くにいられる気がして……」

そう夢中で話す彼女は、瞳をキラキラと輝かせている。

「ああ、そう……」

そこへ再び、「すんまへん。やっぱり何かご苦情で……」と店長らしき男性が他の仕事から戻って来た。

「もう用事は済みました。おおきに」

それだけ言うと、久美子は、もも吉庵へと踵《きびす》を返した。

これはたいへんな女の子だと思った。久美子自身、「花に神様が宿る」ということ、それゆえに「魂を込めて生ける」ということにたどりつくまで、どれほど長い年月を要したことか。なのに……なのに……あの娘は、あの歳で。

もも吉庵に戻って来ると、眼が合うなり京極社長に尋ねられた。

「いかがでしたか」

「なんや幸せな気持ちになりました」

「それはよかった」

その場の誰もが頷いた。久美子は再び椅子に座ると、居住まいを正して言った。

「京極社長さんに、一つお願いがございます」

「な、なんどすか？」

京極社長は少々身構えた。

「来年の秋、柳生流は創家三百年を迎えます。その記念行事の引き出物に、ぜひ風神堂のお菓子を誂《あつら》えさせてほしいんどす」

「それは大ごとや。ご門弟はたしか三万人……」

「それに加えて来賓《らいひん》やお世話になっている皆様方、二千人ほど」

「おいくらほどのものをご用意すれば……」

「来賓には『風神雷神』の、一番に大きな箱をお願いできますやろか」

「となると、億単位になりますが……」

「へえ」

「誠にありがとうございます」

京極社長は深々と頭を下げた。戸惑いつつも喜びを隠せない様子だ。

「ただ一つ、ご無理を申し上げたい条件が」

「なんなりと」

「斉藤さんというあの娘さんに、うちの担当をお願いしておくれやす」

「朱音君ですね」

「アカネちゃんと言わはるんですね、うち惚《ほ》れてしまいました」

「そうでしょう、そうでしょう」

その言葉を聞き、もも吉も美都子も微笑んだ。

「それから……もう一つ」

「はい、なんなりと」

「柳生流の支部が京都にもございます」

「はい、存じ上げております」

「アカネちゃんを、新年からでも入門させてやってもらえんやろか。手続きは、うちの方で済ませておきます」

「それはありがたいことですが、本人に聞いてみないと」

「そうどした、そうどした。先走りしてしまいました」

京極社長が首をひねる。続けて、久美子がいかにも楽し気《げ》に言う。

「うちの孫の嫁にしたいと思います」

「なんやて！」

ずっと黙って聞いていた隠源が声を上げた。

「久美子姉さん、それは無茶や。まだあんたとこの孫、中学生やないか」

「いえ、上の孫は高校三年です。彼女とは五つほどしか違《ちご》うてまへん。この世界、台所は姉《あね》さん女房の方が上手《うま》くいきますよって」

みんなが唖然《あぜん》としている中、久美子だけが、高揚《こうよう》して瞳を輝かせていた。

ちょうどその時分《じぶん》、「風神堂」南座前店は、団体客が列をなしていた。

そこへ、お婆ちゃん二人連れが、店に入って来た。

「あの奥の娘さん呼んでもらえますやろか。この前、世話になったさかい差し入れや。出町《でまち》ふたばの豆餅《まめもちこ》買うてきたさかい、みなさんで食べておくれやす」

両手に持ちきれぬほどの数の包みを差し出す。応じた店長は、何事かとキョトンとしている。

その時だった。表に一台の宅配便の車が横付けになった。冷蔵車だ。大きな発泡スチロールの箱を抱えて、ドライバーが店の中へと入って来た。

「斉藤朱音さんにクール便で〜す」

店員全員が、朱音の方に一瞬、視線を向けた。その配達伝票の差出人欄《らん》には、北海道の住所が……山本牧場。そして中身は、チーズ、バター、ヨーグルトとある。

けれども……。

どうやら朱音には、お婆ちゃんの声も、宅配便のお兄さんの声も聞こえていないようだ。

「もも吉庵」で交わされた「あの話」を、朱音が京極社長から告げられるのは翌朝のこと。今はまだ、そのことを知る由《よし》もない。

あいかわらずのマイペースで、店の一番奥で額に汗をかきながら商品を、ただただ黙々と包装する朱音だった。

第二話　秘め事や　桃の節句のものがたり

「どちらまで」

「松尾大社《まつのおたいしゃ》までお願いします」

「かしこまりました」

タクシードライバーの美都子《みつこ》は、広隆寺《こうりゅうじ》の辺りで親子連れを乗せた。四条烏丸《しじょうからすま》のホテルから、東映太秦《うずまさ》映画村へ海外のお客様を送った帰り道のことだ。後部座席の奥に母親が、次に小学校一年か二年生くらいの女の子。そして最後に父親が乗り込んだ。

「ほんまは自分の車で行くつもりやったんやけど、ちょっと風邪気味《かぜぎみ》でして。薬を飲んでしまったものだから妻に運転しちゃダメや言われて。それでタクシーにしました」

「それは賢明《けんめい》やと思います。おおきに」

いかにも仲睦《なかむつ》まじい家族だ。女の子は、しじゅうニコニコしている。

一流ドライバーの極意《ごくい》。それは「つかずはなれず」だ。ぶっきらぼうもいけないし、かといって、相手に根掘り葉掘り尋《たず》ねるのもよくない。お客様と「いい塩梅《あんばい》」の距離感を取るのは難しい。美都子はその点、どのドライバーよりも長《た》けていると自負している。なぜなら……祇園甲部《ぎおんこうぶ》の元・芸妓《げいこ》だったからだ。

十年余り前、美都子は祇園の芸妓だった。それも、名実ともに祇園No.1。日本中、いや世界中のVIPのおもてなしをした。ご贔屓筋《ひいきすじ》には政治家、映画監督、企業のトップ、誰もが知る俳優もいた。親しくなればなるほど、その間合《まあ》いに気を配る。お座敷では、内密の話がされることも多い。たとえ耳にしても聞かぬフリ。そう、「つかずはなれず」は芸妓の仕事で体得《たいとく》したものだった。

ところが、訳あって、タクシードライバーに転身。大手の京雅《きょうが》タクシーに勤め、先ごろ個人タクシーの資格を得て、独立したばかりなのである。

「運転手さんの制服ステキ！　おきれいやわぁ、ねぇ春香《はるか》」

「ほんまキレイ」

と、春香と呼ばれた女の子も相槌《あいづち》を打った。

美都子は、元・芸妓らしく着るものにはこだわりたかった。それゆえ、自らデザインを指示した制服を誂《あつら》えたのだ。広い襟のついたシルバーグレーのベストに紺のスーツ。上着の両腕とパンツの脇には、縦に二本、山吹色《やまぶきいろ》のストライプが走っている。首筋には、有名なミラノブランドのスカーフが、ネクタイのようにキュッと巻かれていた。そして、前髪をクルッと小さくカールさせたショートボブに、天使の輪が光っている。眉目《びもく》はもちろん、多くのお客様にこの制服を褒《ほ》められる。

「お嬢《じょう》ちゃんの着物もかわいいわぁ。梅がふわっと咲いててええ匂いがするようや」

「ね、ね、そうでしょ。お父さんが買《こ》うてくれたんよ」

「そうなのね。じゃ、今日は桃の節句《せっく》やさかいに、お嬢さんのために、『流し雛《びな》』されに行かはるんですね」

「はい、そうなんです。なぁ春香」

松尾大社は、酒造業を営《いとな》む人たちからの信仰が篤《あつ》く、薦被《こもかぶ》りの酒樽《さかだる》がうずたかく積み上げられていることで有名だ。しかし、この日には、曲水《きょくすい》の庭で「流し雛」が行われることでも知られ、子どもたちでにぎわうのだ。

まず、参集殿《さんしゅうでん》でお祓《はら》いを受け、子どもの成長と幸せを祈る。巫女《みこ》の「豊栄《とよさか》の舞」を見た後、「曲水の庭」へと進む。著名な作庭家・重森三玲《しげもりみれい》氏の手がけたものだ。短冊《たんざく》におのおのの名前と願い事をしるして奉納し、それを神職が器《うつわ》に乗せて水に浮かべる。すると、庭内の川を蛇行《だこう》して流れていく。もともとは、人形《ひとがた》の紙を川に流すことで、身の穢《けが》れを水に流して清める風習から始まったものという。

「この子が、ずっと楽しみにしてましてねぇ。僕はスーパーに勤めてるもんやさかい、運動会も参加でけへんで家では肩身が狭いんですわ。それで今日は日曜日やけど、前々から店長に無理言って休ませてもらったんです」

「ええご家族ですねぇ」

「運転手さんも、小さい頃はお父さんに連れて行ってもらったんですか?」

父親に訊《き》かれて、美都子は一瞬戸惑《とまど》ったが、

「へえ、そうどす」

と答えた。

「さっきから運転手さん、物腰やら言葉遣《づか》いやら、なんや丁寧《ていねい》いうか艶《つや》っぽいいうか……ひょっとして元は花街《かがい》の方では……？」

「え!? わからはりますか」

「やっぱり！ ずいぶん前に新聞で読んだことがあるんですよ。祇園の芸妓さんがタクシードライバーに転身したいうて。一時騒がれましたよね」

奥さんが続けて、

「どうりでキレイな方やと思うてました。この人、いつも無口なのにニヤついて」

「なに言うてるんや、お前」

「お父さん、鼻の下長《なご》うなってる」

と女の子が父親を茶化《ちゃか》して、車内は笑いに包まれた。

三人は、松尾大社の前で降りるなり、女の子が右手を父親に差し出した。父親がパッと摑《つか》んだ。反対側の手を母親と繋ぐ。まるで、ブランコでも漕《こ》ぐように両手を振りながら、鳥居《とりい》の方へと歩いて行った。その後ろ姿を眺めて、美都子は微笑《ほほえ》まし

く思った。と同時に、久しく心の奥に封印していた「せつなさ」が頭をもたげた。

（うちは、お父ちゃん知らんのや）

父親の顔どころか、父親が誰なのかも知らない。しかし、美都子は祇園の女だ。粋《いき》を尊び、じめじめしたことは好まない。けっして、それは心が強いからではなかった。悲しい事があれば涙するし、辛《つら》い事があれば誰にも会いたくない日もある。ただ後ろを振り向かないようにしているのだ。前しか見ない、人とは比べたりもしないように心掛けている。嫉妬《しっと》は、自分が辛くなるだけだからだ。

（そうや、奈々江《ななえ》ちゃんは、うちとは比べもんにならんくらいの悲しみを背負うてるんや。うちの『せつなさ』なんて小指の傷にもならへん）

奈々江ちゃんとは、舞妓《まいこ》を目指して修業中の仕込《しこ》みさん。あの震災で、両親をはじめ、ほとんどの家族を失っている女の子だ。

美都子は再び、心の扉をパタンッと閉じて、ハンドルを握《にぎ》った。

さて、踵《きびす》を返して町なかへと走り出すと、よく見知った顔にブレーキを踏んだ。幼い頃から、妹のように可愛がっている娘さんだ。美都子より、学年が六つ下で三十二か三になるはずだ。路肩に車を停めて窓を開ける。

「佐保《さほ》ちゃん、よかったら乗っていかへん？」

「あっ、美都子お姉ちゃん」

「どうぞ」

と、佐保が応じる前に手を伸ばして助手席のドアを開けた。佐保は数歩近づき、ためらった。

「え？……でも」

「今日は、早《はよ》う上がろうと思うてたところやから、メーター倒さへんからええよ」

「美都子お姉ちゃんおおきに。甘えさせてもらうわね」

美都子は、佐保の憔悴《しょうすい》しきった表情を読み取った。「そこのところ」に触れていいものかどうか迷った。訊《たず》ねていいものか思案《しあん》していると、佐保の方から喋《しゃべ》りだした。まるで言葉を搾《しぼ》り出すように……。

「もうどうしようもなくって、暇さえあれば神頼みしているの。今もね、梅宮大《うめのみやたい》社《しゃ》さんでお参りしてきたところなの」

やっぱりだ。数日前のことである。身重《みおも》のお客様から「安産の神様へお参りしたい」と言われ、お連れしたのが平安神宮《へいあんじんぐう》の近くの岡崎神社《おかざきじんじゃ》だ。うさぎ神社とも呼ばれ、狛犬《こまいぬ》ならぬ狛うさぎが社《やしろ》の前に鎮座《ちんざ》している。安産の神様として信仰を集めるとともに、子授《こさず》けのご利益《りやく》もある。その時、境内《けいだい》で佐保の姿をチラリと見かけたのである。声をかけようかと思った。だが、お客様と一緒でその余裕がなく、振り向

くともう姿がなかった。美都子が、

「ひょっとして……」

と尋ねると、佐保は遠くを見つめ、ぽつりと零《こぼ》した。

「私……どうしても子どもを産まなきゃいけないから」

西村《にしむら》佐保は、祇園の西側をタテに貫く大和大路通《やまとおおじどおり》にある老舗《しにせ》「やまと仏具店」の一人娘だ。江戸後期に創業し、父親で八代目になる。この老舗に生まれるということが京都では「難儀《なんぎ》」の一つになる。婿養子を迎え、跡取りを産まなければならないからだ。幸い、器量よしということもあり良縁に恵まれた。お見合いで、相手は、仏具店の三男坊。父親が組合関係であちらこちらに縁談を頼み込んで探してきたと聞いている。

「そんなん嫌や……頭下げて養子《ようし》に来てもらうなんて」

と、当時、美都子は佐保から何度も愚痴《ぐち》を聞いた。

佐保は幼い頃から、なんとなくだが自分が家を継ぐものと思っていた。でも、恋愛で結ばれたいとずっと夢見ていたという。だが、養子に来てくれる人となると難しい。

ある日、夕食の後、両親から、

「こんなええ話があるんや」

と相手の釣書《つりがき》と写真を見せられ、少なからず反発した。でも母親から、

「誰かええ人おるの？」

と訊かれて言葉を返せなかった。気の進まぬままお見合いをし、その後、なんとなく周囲に流されるようにして結婚した。

ところが、人の気持ちはわからぬものだ。「ええ人なんどす」「やさしゅうて」「車に乗る時、助手席のドア開けてくれはるの」など、美都子は何度も「のろけ話」を聞かされた。美都子は、そんな佐保をよくからかったものだ。

「なんやの、最初は気ぃ進まんかったこと、旦那《だんな》さんにバラすでぇ」

「やめてー、美都子《こ》お姉ちゃん、かんにんや」

と言いつつ、懲りずに幾度となくのろけられたものだった。婿養子の健三《けんぞう》さんは人柄も良く、今も祇園辺りでは夫婦の仲の睦まじさは評判である。

ところが……すべてが上手《うま》くゆくとは限らない。なかなか子宝に恵まれないのだ。不妊治療も始めたが、いまだに効果はなかった。

岡崎神社には「子授けうさぎ」という石像が手水舎《ちょうずしゃ》にあり、水をかけてお腹《なか》をさすり祈願すると子宝・安産に恵まれるという謂《いわ》れがある。今さっき、佐保が出て来た梅宮大社も子授けのご利益で有名だ。

（これは独り身のうちでは、なんとも相談に乗ってあげられへん。ましてや子ども

も産んでへんからなぁ……そうや、悩み事なら、お母さんや）
「元気出しなはれ！　ちょっとお母さんのとこ寄って、ぜんざいでも食べて行こか」
そう言い、美都子は祇園へとハンドルを切った。

ここは祇園甲部。

京都五花街の一つで、わけても古《いにしえ》の風情《ふぜい》を残す地域である。石畳《いしだたみ》に弁柄格子《べんがらごうし》の町家《まちや》。

あちらこちらの格子戸の軒先に、黒地に金文字で「お茶屋」と書かれた、お上《かみ》の鑑札《かんさつ》を見かける。誰もが憧れるお茶屋遊びのできるお店だ。お茶屋は、単に芸妓・舞妓の踊りを見て飲食をするだけのところではない。お客様の要望に、四方八方にと手を尽くして手配してくれる。南座《みなみざ》の歌舞伎《かぶき》をはじめとした観劇、タクシーやホテル、手土産《てみやげ》。つまり、「おもてなし」の総合プロデューサーのようなものだ。

美都子は佐保を連れ立って、細い、細い路地《ろじ》を右へ左へと曲がり、「もも吉庵《きちあん》」へ戻ってきた。元はお茶屋で、今はもも吉が営む「一見《いちげん》さんお断り」の甘味処《かんみどころ》である。

L字のカウンターに背もたれのない丸椅子《いす》が六つだけ。

カウンターの内側は畳敷《たたみじ》きだ。看板はない。店には先客がいた。建仁寺塔頭《けんにんじたっちゅう》の一つ、満福院《まんぷくいん》住職・隠源《いんげん》と、その息子で副住職の隠善《いんぜん》だ。二人とも、法衣《ほうえ》姿である。

もも吉を「お母さん」と慕《した》う花街の人たちだけが、唯一《ゆいいつ》のメニューである「麩もちぜんざい」を食べに来る。だが、その多くが悩み事の相談である。

「うちは昔っから、おせっかいが嫌いどした。そやけど言うこと、思うことも言わんと死んでしまうのもなぁ。言わんことがほんまに人のためになるんか思うてなぁ」

と言うもも吉が、時にストレートに、時にスローカーブのようなアドバイスをさりげなく授《さず》けてくれるのだ。そのもも吉が笑顔で佐保を迎えた。

「あら、佐保ちゃん、おこしやす」

「もも吉お母さん、いつもお世話になってます」

「この前のお線香《せんこう》、ええ香りやったわぁ。お父さんに『おおきに』言うといてな」

「へえ、おおきに」

美都子がカウンターに腰掛けると、佐保も遠慮がちにその隣に腰を下ろした。

今日のもも吉は、薄紫色の着物に濃い紫の帯。そこには、今にも匂いたつような桃の花が大きく一つ咲いている。加えて、着物に合わせた薄紫色の帯締め。紫を着こなすのは難しいと言われるが、もも吉は気取《きど》ることなく、気品にあふれて見える。

「お雛さんゆうんに寒《さぶ》おすなぁ。まずは、これでも飲んでおくれやす」

そう言い、いったん奥へと引っ込むと、お盆を手に戻ってきた。

「さあさあ、みなさん、おぶ飲んでや」

そう言い、清水焼《きよみずやき》の湯飲みをめいめいの前に置き始める。すると、隠源が、

「なんやばあさん、わては麩もちぜんざい食べに来たんや。おぶなんて、寺でも飲める。甘いもん出してぇなぁ」

とだだを捏《こ》ねるように言う。「おぶ」とは、京言葉で「お茶」のことである。

「誰がばあさんやて、じいさん。そないなら飲まんでもよろし！」

「僕はいただきます」

と、隠善が先に湯飲みを手に取った。口に運ぼうとして気付く。

「あっ！　なんや入ってる⁉」

「ほんまや」

と美都子が続けて言い、中をのぞき込む。佐保がもも吉に尋ねた。

「これ、北野《きたの》の天神《てんじん》さんの『大福梅《おおふくうめ》』やあらしまへんか」

「佐保ちゃんの言うとおり、正解や」

「ほほう」

「ああ～」

とみんなが溜息をつくように声を漏《も》らした。

毎年、事始《ことはじ》めの十二月十三日に、北野天満宮《てんまんぐう》では「大福梅」と称する梅干しを授《じゅ》与《よ》する。一般の梅干しとは異なり、カラッカラに干したもので、摘《つ》まむと石のように固い。境内の梅苑に実った梅から作ったもので、元旦《がんたん》に祝膳《いわいぜん》の初茶として飲むと、邪気《じゃき》が払われ一年間を通して健康に満ちた日々を過ごせると言われている。

ちなみに、事始めとは、京都では煤払《すすはら》いをしてお正月の準備を始める日と言われている。もも吉や美都子のいる祇園甲部では、芸妓・舞妓さんが鏡餅を持って、踊りの師匠・井上八千代《いのうえやちよ》先生にご挨拶に伺う姿が、年末の風物詩の一つに数えられている。

「お正月に飲み切れへんかったんで、節句に振舞おう思うて取っておいたんや」

ぶつぶつ言いながらも飲み始めた隠源だったが、機嫌がいい。

「おぶが少のうなると、底に沈んでる梅が酸《す》うなって食欲が湧《わ》いてくるわぁ」

「そうでっしゃろ。今、ぜんざい持ってくるさかいに待っててや」

再びもも吉は奥に入ると、しばらくして順々にぜんざいの茶碗《ちゃわん》を配った。

「なんや、珍しいなぁ。今日は普通の麩もちぜんざいやないか」

と、隠源が落胆したように言う。

「なんや、普通て。うちが特別美味《おい》しゅうこさえてあげたのに」

「違うがな。なんや、いつも趣向《しゅこう》が凝《こ》らしてあるやないか。御池煎餅《おいけせんべい》が入ってたり、夏はかき氷が載ってたり……珍しいもん期待してるんや」

もも吉は、古いしきたりの花街で生まれ育ったが、なかなかの新しいもの好き、工夫好きである。しょっちゅう、様々なアイデアぜんざいを供《きょう》しているのだ。

「なにが言うてるんや。わからへんのどすか？」

「なにがや、ばあさん」

「この前な、祇園の組合旅行でお伊勢さんに詣《もう》で来たんや。そしたら、ええもん見つけてなぁ。『赤福《あかふく》』さんでぜんざい食べたら、脇《わき》に、カリカリ梅と塩昆布《しおこんぶ》がついてきたんや。塩昆布は京都でも定番やさかいにうちも添えることあるけど、梅がなぁ。こないにぜんざいに合うとは思わなんだ。それで真似《まね》してみたというわけや」

隠善が、声を上げた。

「あっ！　ほんまや、湯飲みの底に残った梅干しが、ふやけてトロトロになりかけてはる。ぜんざい一口食べて、梅を含むと唾《つば》が湧いてきて、またぜんざい食べて……交互に食べるとまた一段とぜんざいが美味しいわぁ」

「そうでっしゃろ」

「ほんまや」

「ほんま、ほんま」

と、美都子、佐保も舌鼓を打つ。隠源はもう頬が零れ落ちそうな笑顔だ。

「これはええ。毎回出してぇな」

あまりの調子よさに呆《あき》れてか、おジャコちゃんが「ミャウ～」と鳴いた。

「はいはい、おジャコちゃんにもおやつあげましょなぁ」

そう言い、もも吉は、とらやの黒砂糖入羊羹《ようかん》「おもかげ」を取り出し、剝《む》いて差し出す。すると、美味しそうに無心になってたいらげた。花街でも知る人ぞ知るグルメ猫なのだ。どうも以前に、どこぞのお大尽《だいじん》の家に飼われていたらしい。満足げに、

「ミャ～オ」

と鳴くと、欠伸《あくび》をして眼を閉じた。

隠源は幸せにひたって、溜息のように漏らす。

「うちの寺の梅もよう咲いてるでぇ。梅は『産め』に繋がって縁起《えんぎ》がええ。子孫繁栄の象徴《しょうちょう》や。絵馬《えま》にも『梅』と『産め』と両方書いてあるところもあるさかいに」

その瞬間、今の今まで和《なご》やかだった店内の空気が凍り付いた。

もも吉は、表情一つ変えはしないが、美都子と隠善は顔色が悪くなり目を宙に泳がせている。隠善が、

「オホン、オホッ」

とわざとらしく咳払《せきばら》いするよりも先に、つい今まで微笑《ほほえ》んでいた佐保が、急にうつむいてしまった。そこで、ようやく、隠源も気付いたようだった。「しもた」という顔で、両の手の法衣の袂《たもと》で自分の顔を覆《おお》った。もも吉が、小声でぽつりと呟《つぶや》く。

「じいさん、あほかいな」

みるみる、隠源は縮こまって小さくなった。佐保は、苦笑いしつつ、

「みなさんに気ぃ遣わせてすんません。うち、どこへこの気持ちを持って行ってええかわからんようになって……」

と、ぜんざいの茶碗を置いた。美都子は、佐保の背中にそっと手を当てた。

「実はなぁ、今日ここへ連れてきたのも、佐保ちゃんの悩み、お母さんに相談に乗ってもらおう思うてのことなんよ」

そう言い、美都子は佐保が、岡崎神社や梅宮大社で子授けの祈願《きがん》をしている話をした。佐保がうつむき加減で言う。

「なんも言わんでも、この街の人はみんな知ってはる思います。うちが、なかなか子どもがでけへんで悩んでるて」

「男のわてには苦手な話や。なあ、ばあさん。力になってあげてぇな」

もも吉もいつもと違って、少々困り顔である。

「子どもがでけへんことは、うちではなぁ。お医者様に任せるしかあらへん」

「いつもみたいに、魔法みたいにアドバイスして人助けしてやってや」

そうもも吉にすがるように言う隠源だったが、佐保はもも吉に頭を下げて言った。

「以前、もも吉お母さんの紹介で総合病院の産婦人科の名医を紹介してもらって通ってるんです。先生も院長先生の紹介やからいうて、親切に根気よう診《み》てくれはります。ほんまおおきに」

「なんや、ばあさん、ちゃんと世話してやってるんやないか」

「院長の高倉先生《たかくらせんせ》がなぁ、うちの不妊治療はなかなか優秀やて言うてはるの聞いてたさかいにな」

総合病院の高倉院長は、昔、もも吉がお茶屋の女将《おかみ》をしていた頃の大のご贔屓だった。奥さんには内緒《ないしょ》にしておきたい秘め事を、もも吉にギュッと握られている。

それもあって、もも吉からの頼みは二つ返事で応じるらしい。

佐保は、一つ大きな溜息をついてから、ぽつりぽつりと話し始めた。

「先生は、『必ずでけると信じて焦《あせ》らんといこな』言うてくださって……。ほんま、ありがたいことです。そやけど……どこへ行っても聞かれるんです」

「なんて？」

「赤ちゃんはまだ？……って。ええ旦那さんやねぇ、あとは子どもやねぇ、とか。お父さん、跡継ぎでけるの楽しみにしてはるんやろうなぁ、とか。孫抱かせるんが一番の親孝行やていうなぁ……なんて言わはる方もいはります」

もも吉は、眉をひそめて聞いている。美都子も、隠源、隠善も言葉が出ない。

「わかってます。みなさん悪気《わるぎ》はないこと」

口にした本人は、それほど深くは考えていないのだろう。だから、彼女がどれほど深く傷ついているかも理解できないに違いない。美都子は、

「悪気のない親切心とか思いやりいうんは、時に刃物になるんやな」

と、同情を寄せた。

「それはまだいいの。それよりもっと辛いのは……慰《なぐさ》めの言葉なの……子どもなんていたらいたで、苦労ばかりよ……って言う人もいてはります。最近は、子どもを作らない夫婦も多いから、それぞれの人生だものね……とか」

気付くと、佐保の瞳が赤らんできた。しかし今は胸に溜《た》まったものを聞いてやる

しか術がないのだった。

神妙《しんみょう》に、そして伏し目がちに聞いていたもも吉が口を開いた。

「え〜え、佐保ちゃん。昔からよう言いますやろ。隣の芝生《しばふ》は青く見えるって。人と比べたりせんでもええ。子どもがおる家も、おらん家もある。すぐに授かる人も、十年経《た》ってようやくという人もいる。あんたにはあんたの幸せがある。そうや、今だって二枚目の旦那さんにやさしゅうしてもろうて幸せやろ」

「……はい」

「もっとも、ここは京都やさかいに芝生やのうて苔《こけ》やろうけどなぁ」

「上手《うま》いことは言わはるわ〜お母さん」

と美都子がまるで少女のようにコロコロと笑った。暗い雰囲気を変えようと、少々わざとらしい笑いであったが、誰もがホッとした。佐保もつられて笑った。だが、もも吉も美都子らも、その笑顔が作り物であることにみな気付いていた。

「おおきに、もも吉お母さん。少し気が晴れました。そろそろ晩御飯の支度《したく》せなあかん」

「そやな、またぜんざい食べに来なはれ。おきばりやす」

店を出ていく佐保の後ろ姿を、四人は重い面持《おもも》ちで見送った。

もも吉庵からの帰り道。

佐保は、建仁寺の境内《けいだい》を通り抜けようとして、方丈《ほうじょう》の前で立ち止まった。はあ～と、また一つ溜息をついた。今日何度目だろう。ずいぶん日が長くなってきたが、夕暮れともなるとまだまだ寒い。にもかかわらず、植え込みの縁石《えんせき》にペタンと座り込んで動けなくなってしまった。

もも吉に、「隣の芝生は青く見える」と言われた。美都子も隠源、隠善もとくに表情を変えることはなかったが、佐保はその一言にビクッと身体《からだ》が震《ふる》えた。

（もも吉お母さん、ひょっとしたら知ってはるんかも）

そう思うと、なぜか怖《こわ》くなってしまった。佐保は、誰にも「そのこと」を口にしたことはない。ついさっきも、そうだった。人から、「まだ子どもでけへんの？」などと言われるのは、たしかに辛い。そのことを吐露《とろ》して、もも吉庵の人たちの同情を買った。慰《なぐさ》めてほしかったのだ。しゃべるだけで、少しは気持ちが楽にもなる。だが、それは、胸の底に溜まった澱《よど》みのほんの一匙《ひとさじ》ほどでしかないのだ。

佐保には、大の仲良しの幼馴染《おさななじ》みがいる。

隣家の「扇屋《おうぎや》ふじわら」の香織《かおり》だ。扇子《せんす》の製造卸《おろし》の商《あきな》いをしていて、父の代で九代目になるという。

同じ月生まれの同い年。幼稚園から中学まで一緒に通った。家族付き合いも深く、夕餉《ゆうげ》のおかずも、「作りすぎたから」といつも分け合う間柄。勉強も遊びもお互いの家を行ったり来たりして、どちらが自分の家かわからなくなるほどだった。

ただ、何をしても香織にかなわないことが、佐保の心に苛立《いらだ》ちを募《つの》らせてきた。

それは、三十年近くも前から、今も続いている。

幼稚園の年長さんの時のことだ。「ピアノを習わせよう」と親同士が相談し、同じピアノ教室へ通うことになった。香織は、すぐにピアノを買ってもらった。佐保も買ってもらえると思っていたら、父親に言われた。

「二台はいらへんやろ」

「え？」

「いつも一緒に遊んでるやろ。香織ちゃんちのピアノを貸してもらい」

ただだを捏ねたりもしなかった。素直に「うん」と答えたが、なんとなく悲しかったのを覚えている。最初は楽しくて仕方がなかったが、だんだんレッスンが苦痛になってきた。香織だけがみるみる先に行ってしまったからだ。一年も経たないうちに、香織は三冊目の教則本に入っていた。まだ佐保は一冊目である。一緒に始めたというのに……。

「もうやめたい」と両親に言うと、あっさりと認めてくれて拍子抜《ひょうしぬ》けした。佐保は何か、心の中にもやもやするものを感じた。その時は幼くてわからなかったが、それが香織に対する「嫉妬心《しっとしん》」が芽生えた最初だったのだと思う。

次に思い出すのは、小学二年生の時に学校から出掛けた写生大会のことだ。場所は東福寺《とうふくじ》。いつも一緒の二人は、ここでも並んで画板を広げた。新緑の通天橋《つうてんきょう》を望む辺りだ。その角度は、よくポスターにも使われるし、決まってテレビドラマのシーンにも登場する。隣で描き始めて、佐保はすぐに嫌になってしまった。

「香織ちゃんじょうずやねぇ」

「そないなことないよ」

それは、まだクレパスの輪郭《りんかく》だけだったが、まるで大人《おとな》が描いた絵のようだった。

「ううん、じょうずよ。前から思うてたけど、なんでそんなにじょうずなん?」

少し照れていたが、香織は素直に認めて答えた。

「ときどき、おばちゃんちで絵習ってるんや」

「え? おばちゃんて?」

「佐保ちゃんも知ってるやろ、ミルキーくれたおばちゃんや」

「ああ、あの太った人」

「そう、おデブなおばちゃんや。うちの扇子の絵付けしてはるんや。そやから絵がとってもじょうずなんよ。それで、ときどき絵を教えてもろてるんよ。うちな、扇子屋さん継がなあかんから、扇子のこと小さい時からなんでも覚えておかなあかんて……」

「あかんて？」

「そうお父ちゃんがいつも言うんや。それでお父ちゃんが、おばちゃんに頼んでくれたんや」

「ふ〜ん」

香織の通天橋の絵は、絵画コンクールで入賞した。佐保は、幼いながらも、二人の絵に格段の差があることにショックを覚えた。スケッチで描いた構図は同じ。同じクレパスを使っている。片や香織の絵は学校の廊下《ろうか》に張り出され、みんなから褒められた。一方、自分の絵は恥ずかしくて、両親にすら見せていない。香織がうらやましかった。でも、そんな気持ちは封じ込め、

「香織ちゃん、すごい！　すごい！　じょうずやなぁ」

と、何度も褒めた。褒めれば褒めるほど、辛くなって胸が苦しくなった。せめて、二つの絵を並べて、みんなに見られないことが救いだった。

中学校になると、ありとあらゆることで、香織との差がついた。香織は、いつも成績がトップクラス。佐保は、中ぐらいのところをうろうろしていた。別に、サボッているわけではない。中学になっても二人でおしゃべりしたり、ゲームをしたりと一緒に遊ぶことが多かった。なのに、なぜかこんなにも成績に開きがある。

これはもう頭のできが違うのだと思った。

「今度のテスト、このままやとやばいかもしれへん」

「あかんやん。出そうなとこ教えてあげるわ」

そう言って、香織はいつも「ヤマ」を教えてくれた。不思議なことに、それがいつも大当たり。そんなことをしていたら、普通は親しい友達の間でも上下関係ができるものだ。でも、香織は少しもえらそうにしない。なのに、どういうわけか香織との心の距離が離れていく気がした。

香織は生徒会の役員にもなった。バスケ部でも活躍し副部長だった。一つだけでいい。香織よりも秀《ひい》でるものが欲しかった。しかし、そんな気持ちはおくびにも出さず、今までと同じようにおしゃべりをした。

それは、卒業式を間近《まぢか》に控えたバレンタインデーの出来事だった。

佐保は、チョコレートを手作りした。学校の中で、みんなが公認のカップルが何組もいて、クリスマスに交換したプレゼントを友達に見せびらかすのが流行《はや》った。

それを見て、香織と二人で、「ええなぁ～うちらもカレシ欲しいなぁ」「今度のバレンタインに勝負かけよな」「中学最後の大勝負や」という話になって盛り上がった。それで、佐保はチョコを自分で作ることにしたのだ。唯一、香織よりも得意で自信のあるものがあった。それは、料理だ。母親はいつも、

「うちは、お父さんの心よりも先に胃袋を摑んだんや」

と言っていた。父親も、

「お母さんの料理はほんまうまいからなぁ」

と臆面《おくめん》もなく言う。そのため、小学生のうちから、夕飯を作る母親のそばについて料理を教えてもらっていたのだ。だから、台所に立つことも多く、パンを焼いたりお菓子を作ったりもするようになっていた。

そんな佐保は香織に頼まれた。

「佐保ちゃん、うちのぶんのチョコも作ってくれへん？」

「ええけど、そんなん自分で作らんと意味がないんと違う？」

「そんなん、かまへん」

「そんならええよ、どんなんがええの？　リクエストあったら作ったげる」

何をしても香織にかなわない。いつも勉強では香織に頼りっぱなし。それが、自分が頼まれるなんて……。嬉《うれ》しくてたまらなかった。

さて、バレンタインデーの当日。二人は、それぞれの「本命」の男の子にチョコを渡した。佐保が好きだった子は、「え!?」と一瞬驚いた様子だったが、周りの目を気にしつつもサッと受け取ってくれた。佐保はそれだけで嬉しかった。その後、特に進展はなかったが、それでも気持ちを「伝えた」ということで大満足だった。

（あ〜お菓子作りしててよかった）

と本心から喜んだ。

しかし、そんな思いも吹き飛ぶことが起きた。香織がチョコを渡した男の子から、逆に告白されたのだ。「前からボクも……」と言われて、香織もびっくりしたという。そのプレゼントは佐保が作ったものだ。複雑な気持ちで、どう心の整理をしていいのかわからなくなった。親友の恋のキューピッド役になれたのだから、本当は喜ぶべきことだろう。ところが、香織に対して唯一勝《まさ》ることが、自分には役に立たず香織のためになる。いったい、どういうことなのだろう。

この時だった。はっきりと香織に対して、「嫉妬」を意識したのは……。

佐保は、いつか、いつの日か、香織に勝るものを手に入れてやると心に誓った。そして、さらに……心の奥底に、灰色の雲が広がるのを感じた。佐保はハッとした。「香織に不幸が訪れますように」と願う自分が怖くなった。表向きでは「仲良しの友達」を演じ続けながら、自己嫌悪《けんお》に陥《おちい》るのだった。

その後、二人は別々の高校に進学した。

もちろん、香織は難関と言われる私立の女子高へ入った。佐保は、地元の公立高校へ。部活やら高校でできた友達との付き合いも増え、二人がゆっくりとおしゃべりする時間も減った。それでもときどき、お互いの家で食事をしたりはする。でも、以前のように、四六時中一緒ということはなくなっていった。と同時に、佐保は、香織への嫉妬心も薄らいでいくような気がして、ほっとしたのだった。

やがて、おのおの地元の大学に進学した。

ときどきしか会わないのに、話題はいつも結婚のことばかり。佐保と香織は、お互いに自分の「使命」を悟っていた。良いお婿さんを見つけることだ。そして、跡継ぎを産むこと。それも、できることなら男の子を。特に、香織の両親はそのことに熱心で、幼い頃から口にしていた。

「香織、あなたは将来、お婿さんをもらうんだからね」

と。佐保もそばで聞いて知っていた。それを刷り込みとでも言うのだろうか。香織自身も、「ええお婿さんおらんかなぁ」と言っていた。

対して、佐保の両親は口うるさくは言わなかった。記憶では一度だけだ。中学三年の時、あれはちょうどバレンタインの手作りチョコ作戦の時のことだと思う。母

親を手伝って料理を一緒に作っていたら、ふと母親が、

「今どき、養子さんは難しいわよねぇ」

と漏らした。佐保が、「え？　……養子？」と聞き返すと、ハッとした顔つきで、

「なんでもない、なんでも」と言う。その歳になれば、家業の事情、世の中のこともわかってくる。母親も一人っ子で婿養子を迎えた。佐保にもそれを望んでいることはなんとなくわかっていた。

だが、それを耳にしたのは初めてだった。それが、ただ一度きり。父親からも、「跡継ぎの婿養子」の話を聞いたことは一度もない。佐保は思った。両親は、意識して娘にプレッシャーをかけないようにしているに違いないと。そんなことよりも何よりも、佐保には願いがあった。

とにかく……。絶対に香織よりもステキな旦那さんを見つけたい。

そんな二人は、それぞれに恋愛を経験した。

大学四年の春、就活で忙しくしていた頃のことだった。

香織にカレシができた。同じサークルの仲間だという。でも、「うちのお父さん、お母さんには言わんといてね」と頼まれた。佐保には先に紹介したいというので、一緒に河原町《かわらまち》の喫茶店でお茶をした。かなりのイケメン。高校時代はテニスでイン

ターハイに出たこともあるという。

優秀な女子には、イケメンがお似合いだ。その後たびたび、香織から「二人で神戸行ってきた」とか「誕生日にペンダントもらった」とか、のろけ話を聞かされた。幸せそうな笑顔が憎らしく見えた。もちろん、そんなことはおくびにも出さない。

ところが、だ。今日は祇園祭の宵々山《よいよいやま》だという日のことだった。

祇園祭のメインイベントである山鉾巡行《やまほこじゅんこう》の前夜、前々夜に、駒形提灯《こまがたちょうちん》に火を灯《とも》した山鉾を見に大勢の人が町なかへと繰り出す。コンチキチンという祇園囃子《ばやし》が奏《かな》でられ、祭は最高潮を迎える。普段、着物に縁遠い若者も、恋人同士で浴衣《ゆかた》を着て出かける。

佐保が買い物に出掛けようとして玄関を出ると、ちょうど香織が家を飛び出してきた。

「どうしたん？」

と訊《たず》ねる。香織の眼には大粒の涙が……。

「うち、こんな家に生まれとうなかった～」

そう言い、佐保に抱き着いて泣き喚《わめ》いた。そこへ香織の父親が追いかけて来た。

「どうしたん……香織ちゃん」

香織の父親は、悲し気な顔をしていた。佐保に「頼みます」という表情でぺこりと頭を下げると、扉を閉めて奥へ戻っていった。二人して、建仁寺の境内まで歩く。放生池《ほうじょうち》のほとりで小一時間もなだめていると、香織は事情をしゃべり始めた。

今日、カレシと宵々山へ行く約束をしていたという。もちろん浴衣を着て。あまりにもいそいそとしているので、母親に「誰と行くんや」と訊《き》かれた。浮かれていて、つい「カレシや」と答えた。それまで、香織は両親に黙って付き合っていた。どうも、両親は気付いていたらしい。妙齢《みょうれい》の娘の様子を見れば、どこの親でも察しがつく。母親が言った。

「いつ紹介してくれるの？」

香織は言葉に詰まった。

「う、うん、そのうち……」

「今晩連れてきたらええ。遅うなってもええから一緒にご飯食べよ」

と、父親に言われた。さっきまでウキウキしていたのに、笑顔が失《う》せて返事をしない。すると父親がしびれを切らして、まるで追及するように質問責めにしてきたという。

「どんな男や？　同級生か？」

「京都の人か？」

「お父さんは何やってはるお人や？」

「もう就職は決まったんか？」

香織には、それがまるで尋問《じんもん》のように聞こえた。観念してすべて話した。東京の有名な仕出し屋の息子であること。その実家は江戸時代から続いており、講談や江戸草紙《ぞうし》にもその名が出てくる老舗であること。そこまで聞いて、父親が言った。

「それで……うちに婿に来てくれはるんか？」

そんなことができるはずもない。長男だからだ。大学を卒業すると、京都の仕出し屋に修業に入る予定だという。もうそこでアルバイトもしている。

それから言い争いになった。

香織は、こういうことになることは承知していたという。でも、好きになってしまった。婿養子をもらい、家を継がなくてはならない。そんなことはわかっている。でも、理屈と心は違う。恋にブレーキはかけられないのだ。

佐保は、複雑な気持ちだった。幼馴染みの不幸を喜んでいるもう一人の自分がいることに気付いた。それが、嫌で嫌で仕方がなかった。

でも、一緒に泣いた。

香織を抱きしめて泣いた。

実はその時、佐保にもカレシがいた。バイト先の先輩で、大学院生だ。付き合い始めて一年くらいになる。香織にも、自分の両親にも内緒にしていたのだ。でも、その理由は香織とは違っていた。なかなか自分に自信が持てなくて、「もし、ふられたら……」と思うと、怖かったのだ。高校生の頃から、父親に言われていた。

「カレシができたら、連れて来いよ。こそこそと付き合うな、ということや」

と。香織のことがあった数日後のこと。カレシに言われた。

「なあ、佐保ちゃんちに遊びに行ってもええかな。付き合《お》うて長いし……それに」

「……それに？」

「これからのこともあるし」

「！」

佐保は舞い上がりそうになった。初めて香織に勝ったと思った。カレシの実家は、地元の繊維関係の問屋さんだ。老舗ではないが、かなり大きな会社らしい。五つ年上のお兄さんが、すでに入社して跡を継ぐべく修業中だと聞いていた。ずっと何をしても香織より劣っていた自分が……ついに幸せの切符を手に入れたのだ。両親も間違いなく喜んでくれるはずだ。

ところが、好事魔多《こうじまおお》し。そんな話をしていた矢先のこと。カレシのお兄さんが、交通事故で亡くなってしまったのだ。大学にも顔を見せず、ひと月ほど会えない日が続いた。こちらからも連絡がとりづらく、久しぶりに学食で会った時には、彼が別人のように疲れ果てた顔をしていて驚いた。

「大事な話があるんや」

と言う。まだ四十九日《しじゅうくにち》も済まないというのに、親戚《しんせき》が集まり相談の場がもたれた。そこで、「お前が跡を継ぐしかない」と迫られたのだという。彼は、機械メーカーに就職が内定していたが、それを辞退するつもりだと言った。

と、いうことは……。

佐保は、両親にカレシを紹介する勇気が失せてしまった。父からも母からも、「婿養子に来てくれる男性でなければダメだ」と面と向かって言われたことは一度もない。だが、京都で老舗の仏具屋に生まれた以上、覚悟《かくご》している。ふと、「親不孝」という言葉が頭に浮かんだ。

その日は、それ以上、何も話すことができなかった。その後、二度、三度、カレシと会ったが、お互いが「大切なこと」に触れないままお茶を飲むだけ。

そして……、佐保はカレシと別れた。

大学を卒業すると、佐保も香織もそれぞれに、地元の会社に就職した。二人とも、失恋のショックが大きくて次の恋をすることができなかった。

それでも二十五歳の時、香織に恋人ができた。コンパで出会ったという。三つ年上の、ごく普通のサラリーマンだった。なんと次男坊で婿養子に入って家業を継いでもいいという。香織の両親は、祇園祭と葵祭《あおいまつり》が一緒に来たかのように大騒ぎして喜んだ。

そんな矢先、佐保にも縁談が持ち上がった。相手は、お東《ひがし》さん（東本願寺《ひがしほんがんじ》）の門前で大きく商いをする仏具店の三男だった。トントン拍子に話は進み、香織と同じ月に挙式することになった。

かなり経つというのに、佐保は失恋の痛みが残っていた。あまり気も乗らない。でも、香織を意識して「負けたくない」という思いから焦《あせ》っていた。どんどんと進む縁談の話。そうこうするうちに、式の日取りが決まっていた。でも、一緒に暮らし始めてから、彼のやさしさに魅《ひ》かれていき、気付くと愛するようになった。

香織には結婚してすぐ、赤ちゃんができた。無事に生まれた時には佐保も素直に喜んだ。だが、またしても、心の奥深くに潜《ひそ》んでいた「嫉妬心」が頭をもたげた。それは、幼い頃から誰にも見せずに強く封じ込めていたものだった。

「跡継ぎの子どもを産まなきゃ」というプレッシャーは、いつしか単に、「私も子どもが欲しい」「いつも香織ばかり」という欲望と妬《ねた》みに形を変えていった。

つい先ほども「もも吉庵」のお母さんに、ズバリと指摘《してき》された。

「隣の芝生は青く見える」

と。わかっている。わかってはいるつもりなのだけれど……。

「やまと仏具店」の主人・西村佐市《さいち》は、地域の寄り合いに出掛けた。その日の議題は「観光公害」だ。京都という町の発展は観光客に頼っているところが大きい。しかし、増えすぎたことで新たな問題を巻き起こしている。ゴミのポイ捨てによって美観が損なわれたり、テーマパークと勘違《かんちが》いして祇園を傍若無人《ぼうじゃくぶじん》に闊歩《かっぽ》したり。もちろん、そんな観光客はほんの一部ではあるが、もめ事を起こさぬように解決する術はないかと、地元住民は頭を悩ませている。会合が終わり、隣家の「扇屋ふじわら」の総三郎《そうざぶろう》とよもやま話をしていると、寄り合いに出席していた甘味処「もも吉庵」の女将もも吉から声を掛けられた。かつては、祇園甲部一番の人気芸妓だったという。もっとも、この街に婿養子に来た新参者の二人には、伝え聞いた話でしかない。

「お二人とも、この街によう馴染《なじ》まれましたなぁ。ご立派どす」

「おおきに」

と佐市が答えた。総三郎も丁寧《ていねい》にお辞儀をして言う。

「へえ、もう……というか、まだというか、三十五年になります」

「私もです」

「そうやったなぁ、お二人は、ほとんど同じ時期、婿に入られたんどしたなぁ」

「へえ」

もも吉は、困り事、悩み事の相談に乗っていると聞いている。それも密《ひそ》かにだ。でも、佐市は、人に悩みなどを打ち明けたことは一度もなかった。婿に入って以来、あまり苦労をしたと感じたことがなかったからだ。世間の人は言う。

「老舗のお婿はんやとご苦労されたんやろなぁ」

義父《ちち》は、ことのほか、やさしい人だった。

「そんなん、すぐに覚えられるはずない。のんびりやりなはれ。ただし、わてが生きているうちには、なんでもわかるようになってや」

と言うのが口癖だった。一度も叱られた覚えがない。それなりの覚悟をして婿入りした佐市は拍子抜けしてしまった。時に、注文を受け間違えた時にも、

「誰でも最初はそうやろう、気にせんとき」

と笑って許してくれた。

「ええか、商人でも職人でもなぁ、習うより慣れよや。それからなぁ、人に教えてもらったことはすぐ忘れる。そやから大切なことは盗むんや。わての仕事をよう見て、ぎょうさん盗んでや。急がんでもええからなぁ」

ことあるごと、繰り返しそう言われた。その慈悲《じひ》ある人柄に惹《ひ》かれた。義父の温かさに報いようと、仕事に熱を入れて励んだものだった。

すべて穏《おだ》やかに、順風満帆《じゅんぷうまんぱん》に過ごしてきたが、一つだけ思うようにならないことがあった。跡継ぎのことだ。佐市の妻は結婚してすぐに、一人目の子どもを妊娠《にんしん》した。ところが、流産してしまう。妻のショックは大きく、退院してからも塞《ふさ》ぎ込んでいた。うつになりかけて、病院にも通った。その子が男の子であることがわかっていたので、「跡継ぎを失った」という思いが、いっそう心の痛手になっていたのだろう。しかし、再び妊娠し、出産すると元気を取り戻した。それが、娘の佐保だ。今、佐保は、自分の妻と同じように婿を迎えて幸せに暮らしている。

もも吉に尋ねられた。

「ふじわらさんも、やまとさんもご家族、お変わりありまへんか」

「へえ、おおきに。あんじょうやってます」

と佐市は答えた。おかげで、家族全員健康だ。隣で「扇屋ふじわら」の総三郎も、

「うちは孫がやんちゃで困ります。もう少し勉強がでけるとええんやけど、ついつい孫は甘やかしてしまいまして……娘や婿のようにはいきまへん」

と嬉しそうに言う。

「そうやったなぁ。男の子は元気がなによりや。よく路地《ろじ》を友達と走り回ってはるわ」

「お恥《は》ずかしい……そやけど、何より、婿の耕次《こうじ》君が働き者でしてなぁ。おみくじなら大吉、宝くじなら一等賞ですわ。なんもわからへん扇子の世界に入ってようやってくれてます。『ほんまの息子や思うてビシビシ鍛《きた》えてください』言うてくれるので、厳しゅうしてやってもへこたれまへん。高校まで野球やってた言うてました。こっちもまだまだ現役やさかい、身ぃ引き締めてやらんと、と思うてます」

と総三郎は自慢げに言う。

「うちの美都子に、ふじわらさんのお婿さんの爪《つめ》の垢《あか》でも煎《せん》じて飲ませたいわ。結婚もせえへんと、ふらふらして」

「そないなこと……祇園一の名妓《めいぎ》だったお人やさかい、釣り合う男はんがなかなかいてないんと違いますか」

「まあ、うちのことはよろし。ところでやまとさん。佐保ちゃんが昨日、ぜんざい食べに来てくれはったんどす。なんや元気ないような気がしたんやけど」

さっき、「家族はみんな元気だ」と答えた佐市だったが、実はそのことが少し気にかかっていた。おそらく……なかなか子どもができないことを悩んでいるのだろう。ひょっとしたら、もも吉お母さんに、相談に行ったのかもしれない。しかし、これぱかりはいくらもも吉お母さんでも……。

「心の病気が一番怖いさかい、よう注意してやってな」

「へえ、おおきに」

佐市は、やさしかった義父を、先年、亡くしていた。肺の病で長年養生しつつ仕事を続けていたが、最期は肺炎で逝《い》ってしまった。その直前に、まるで遺言《ゆいごん》のようなことを話していた。

「佐市君、うちはなぁ、江戸から続く仏具屋や。建仁寺さんをはじめとして大きなお寺さんに納めさせてもろうとる。そやけど、家とか、商いよりも大切なもんがある。それは家族や。わしは、佐市君の代で、この店が失《の》うなってもかまわん思うてる。お釈迦《しゃか》さんの教えにもある。こだわりを捨てることや、ええな」

佐市は、この一言で救われる思いがした。

偶然にも、佐保は良きご縁に恵まれた。婿の健三君はまれにみる好男子。夫婦仲もいい。あとは跡継ぎである。本音《ほんね》は、男の子を産んでほしい。女の子だと、妻や佐保のように「婿養子を取らなければ」という同じ悩みを背負うことになるからだ。

心の中で葛藤《かっとう》していた。

亡き義父も許してくれている。将来、自分の代で店を畳《たた》んでもかまわない。

しかし、本当にそれでいいのか。なんとか、佐保に子どもができないものか——。

まるで、心の中で、清水寺の石段を上った下ったりと繰り返しているようだ。

佐市は、一度も娘夫婦に「子どもは？」などと口にしたことはなかった。言わぬことが、やさしさだと信じていたがゆえに、結果、問題を避けてきたのかもしれない。

佐市は、「今度の休みにでも、どこか食事に誘《さそ》って、家族で話をしてみようかな」と思い、もも吉に礼を言ってその場を辞した。

だが、その時、誰も明日起きる事件を予期することはできなかった。


「佐保お姉さん、こんにちは」

佐保は、手土産を求めに八坂神社《やさかじんじゃ》前の亀屋清永《かめやきよなが》さんへ出掛けた帰り道、小路《こうじ》で出会い頭《がしら》に挨拶《あいさつ》された。祇園甲部の屋形「浜ふく」の仕込みさん・奈々江《ななえ》だ。

「なんや、えろう踊りがじょうずになったそうやね」

「そんな……まだまだどす」

奈々江は東北から舞妓になるためにやって来たという。自分にはとても真似《まね》できない。できるだけ佐保から声をかけて励《はげ》ますようにしている。それが今日は、奈々江の方から先に挨拶してくれた。奈々江が、この街に溶け込んだからか、それとも、佐保の方がボーッとしていたからか。

「そうや、おやつに余分に買《こ》うたんや。一つあげるわ」

そう言い、紙の手提《てさ》げ袋から、小さな包みを取り出した。亀屋清永は、日本最古のお菓子と言われる清浄歓喜団《せいじょうかんきだん》で有名だが、佐保は黒砂糖で練った「月影《つきかげ》」という羊羹が好物だった。半月の形で、くるみが入っている。

「おおきに」

「ようお気張りやす」

佐保は、昔から子どもが好きだ。奈々江のことも、歳の離れた妹か娘のような気持ちでいる。もう一度、心の中で「お気張りやす」と言って奈々江の背中を見送った。

家の前まで戻ると、涼太《りようた》が駆け寄ってきた。

「サーちゃん、あそぼー」

香織の息子だ。佐保のことを、そう呼んでいる。

「今日はカケルくんは？」

「カケルくんもミエちゃんも用事があるんだって。サーちゃん、あそぼーよー」

なんとも人懐《ひとなつ》っこい。そして可愛《かわい》くてやさしい心根《こころね》の持ち主だ。

「そうだ、『月影』食べる？」

「うん！」

涼太に「月影」を一つ渡すと、袋から取り出して器用に二つに割った。片方を、

「ハイッ、はんぱーけ」と言って差し出した。いつものことだ。

「美味しいねぇ」

「うん、美味しい」

可愛い……。もし、この子が自分の子だったらいいのに……。

気付くと、佐保は涼太の手を握っていた。

「何して遊ぶ？」

「かくれんぼ！」

「じゃあ、建仁寺さんでかくれんぼしよか」

「うん、しよしよ」

佐保は涼太の手を引き、建仁寺の境内に連れて行った。法堂《はっとう》の辺りまで行くと、
大きな松の木に頭をつけて目を閉じる。

「じゃあ、先に私が鬼ね。十数えるから隠れて」

と言うと、

「いいよー」

と声を上げる。いつものように、佐保はゆっくりと十数えて振り向いた。

もうどのへんに隠れているかわかっている。だが、子ども相手だ。あちこちと、法
「どこかな～」「いないなぁ」などと呟いて見つけられないフリをする。そして、法堂の生け垣《いがき》に後ろから回り込んだ。

「涼ちゃん、みーつけた！」

　佐保は、後ろから肩を抱くようにして涼太を捕まえた。ふわ～と。まるで、うたた寝をしている子どもにタオルケットを掛けるように。涼太はそれでも佐保から逃げようと手を払った。思わず腕に力が入った。ギュッと抱きかかえる。

「サーちゃん、苦しいよお」

　抗《あらが》いイヤイヤして振りほどこうとする。佐保は、離すまいと腕に力を入れた。

　その瞬間、意識がどこか遠くに飛んだ。目の前には香織の笑った顔が浮かんでいる。こちらを向いて、ニコニコと眩《まぶ》しいほどに笑っている。

「わたしはあなたには負けないわ！」

　そう口にした瞬間、声が聞こえた。

「サーちゃ……サー……うう苦しいよー」

「え？」

佐保はハッとして我に返った。両手が、いつしか涼太の首を絞めていたことに気付いた。びっくりして、突き放すようにして解《ほど》く。

「う、う……、ゴホン、ゴホン」

涼太がのどに手を当てて咳《せ》き込んでいる。

(わ、わ、私なんてことを……)

そこへ、背後から声を掛けられた。

「佐保ちゃん、何してはるの？」

振り向くと、そこには、もも吉が立っていた。

「私、私、たいへんなこと……してしまって……」

(香織に嫉妬するあまり、涼太を……)

「大丈夫《だいじょうぶ》や、なあ、涼ちゃん」

「うん、なんでもないよボク。やだなー、サーちゃん本気《ほんき》出すんやもん」

と無邪気《むじゃき》さを取り戻して笑った。

「ちょっとうちの店、寄ってきなはれ。涼ちゃん、おぜんざい食べてこか？」

と、もも吉が誘《さそ》うと、涼太は、

「うん、ぜんざい食べたい！」

と声を上げた。

もも吉は、佐保と涼太をカウンターに座らせると、冷たい水を差し出した。佐保は一気に、涼太もゴクッゴクッと半分ほども飲み干した。鬼と化していた佐保の心も、もう生来《せいらい》のやさしさを取り戻しているようだ。

「おばあちゃん、はよ、ぜんざい食べたい～」

と涼太がせがむ。この街でもも吉を「おばあちゃん」などと呼ぶのは、この子と隠源くらいのものだろう。もも吉は、思わず苦笑いしつつ、「ちょっと待っとき」と言い、念のためにと思って涼太の首筋を見てやった。赤く腫《は》れたりはしていないか、傷ついたりしていないかと。

「大丈夫そうやなぁ……んっ？　……」

もも吉は、涼太のうなじに、何やら「あざ」のようなものを認めた。

「なんやろ」

と、涼太のセーターの襟元《えりもと》から背中をのぞき込む。すると、うなじから背筋にかけて、三つ、四つと紫色の跡が見えるではないか。

「妙《みょう》やなあ。これは、さっきでけたもんとは違《ちご》うてる」

「え？」

と、佐保ものぞき込む。

「ほんま、かんにんやで。涼ちゃん、ちょっと腕まくりしてみよか？」

そう言い、もも吉は袖《そで》をたくし上げる。すると……二つ、三つと似たような紫の「あざ」が……。どれもまだ新しいもののようだ。

「これ……どういうことや」

もも吉も佐保も、言葉を失った。


翌朝一番。もも吉は、「扇屋ふじわら」の主人・藤原総三郎と、「やまと仏具店」の主人・西村佐市に「もも吉庵」に来るようにと美都子を迎えにやった。

「なんでもええ、忙しい言わはったら、『なんや知らんけど、もも吉が急いで来てほしい言うてる』ってな」

時を経ず、二人は揃《そろ》って「もも吉庵」へとやってきた。呼び出されて訝《いぶか》し気《げ》、というよりも不安な様子が見て取れる。先に口を開いたのは、総三郎だった。

「何事ですか？　もも吉お母さん」

「話があってお呼びだてしてしもたんや。まあまあ、お座りやす」

もも吉に促《うなが》されて、二人はカウンターの丸椅子に並んで腰かける。おジャコちゃんが首をもたげて、「ニャン」とひと鳴きして出迎える。そのおかげで、ほんの僅《わず》かだが二人の緊張が和《やわ》らいだ。

だが、もも吉の神妙な顔つきを見て、総三郎も佐市も改めて姿勢を正した。

「あのな、順番に話すさかい、藤原はんは、ちびっと待っといておくれやす」

「へえ」

総三郎がそう頷《うなず》くと、もも吉はカウンターの向こう側の畳の上で正座をしたまま、佐市の方に身体を向けた。

「昨日の夕方な……こないなことがありましてなぁ」

もも吉は佐市の娘の佐保が、香織の息子・涼太の首を絞めかけた話をした。もちろん、それが悪意ではなく、心の迷いから無意識に行《おこな》ってしまったことを説明して。

「な、なんやて！　佐保ちゃんがうちの孫の首、絞めたやて」

「ええから、あんたは黙って聞いておいでやす」

もも吉が、眉をひそめて強い口調で言うと、不服そうに総三郎は黙り込んだ。

「西村はん、よう聞いてな」

「へえ……」

自分の娘が、お隣の孫の首を絞めたという。一大事だ。平常心でいられるわけがなく、足が震《ふる》えている。

「夕べな、あんたんとこの佐保ちゃんと婿の健三さんに、うちに来てもろうたんや。佐保ちゃんがそないなことしてしまったほんまの訳、聞かせてほしい言うてなぁ」

「それで……夕ご飯の後、遅うに揃って出掛けたんかいな」

「佐保ちゃん、子どもがでけんで悩んではる。もちろんご存じやわなぁ」

「それはもちろん。そやから、でけるだけそのことに触れんようにしてます」

「そうやな、佐保ちゃんも、健三さんも言うてた。お父さん、お母さんが気ぃ遣ってくれてはるの、ようわかってるて」

「そうどすか」

「そやけどなぁ、あんたはんが思うより、ずっとずっとな、佐保ちゃんは追い詰められてたんや」

「え……？」

「幼い頃からな、仲良しの香織ちゃんに嫉妬してたそうや」

「嫉妬？」

「そうや、嫉妬や。辛《つろ》うて、辛うてたまらんかった言うてた。香織ちゃんが不幸になったらええ、なんて思うたこともあるそうや」

「な、なんやて！」

と、また総三郎が声を上げる。

「言いましたやろ順番や、あんたはちびっと黙っといておくれやす」

また総三郎は不服そうに口を一文字にして黙り込んだ。もも吉は続ける。

「ピアノも絵も、勉強も、なんでもかんでも香織ちゃんにかなわん。跡継ぎ産むも先を越されてしもうた。それで、あちこちの子授けの寺社巡りしてはったんや」

「……」

「ええか、心の病になりかけてたんや」

「そやけど、わては佐保に『跡取り産まなあかん』なんて一度も……」

「何をあほなこと言うてますのや。そんなん言わんでも、ここ京都で老舗に生まれたら、親に言われんでも覚悟するに決まってるやないか。なんも言わんから、やさしいんとは違うで。なんも言わんことは、目に見えん重石《おもし》になることもあるんや」

「……そこまで佐保が悩んでたとは……お恥ずかしい」

もも吉は、黙って話に耳を傾けていた総三郎に身体を向けた。

「今度は、あんたはんや。うちはな、祇園のおなごや。そやから、おせっかいは好きやない。粋やないからや。そやけどなぁ。あえて言わせてもらおう思うてます」

もも吉は一つ溜息をつくと、裾《すそ》の乱れを整《ととの》えて座り直した。背筋がスーッと伸びる。帯から扇を抜いたかと思うと、小膝をポンッと打った。ほんの小さな動作だったが、まるで歌舞伎《かぶき》役者が見得《みえ》を切るように見えた。

「あんた、隣の芝生が青く見えて仕方がないのと違いますか？」

「え？　な、なんのこと……」

「よ〜く自分の胸に手を当てて、考えてみなはれ」

「……」

「夕べな、佐保ちゃん夫婦と入れ替わりになぁ、香織ちゃん夫婦にもここへ来てもろうたんや。お婿はんの耕次君も一緒や」

「え？　……聞いてへんけど」

「あんたんところは、作業場は空《あ》けられんからゆうて、香織ちゃん夫婦を近くのマンションに住まわせとるからなぁ。今朝《けさ》はまだ顔合わせとらんやろ」

「……はあ」

「あのな……涼太ちゃんな、背中と腕にあざがあるんや」

「え!?　あざやて？」

「指でつねったみたいなあざや」

「なんやて？　誰がそないなこと……まさか佐保ちゃんが」

総三郎は、キッと佐市をにらんだ。もも吉は、総三郎の目を強く見つめて言った。

「なに言うてますのや。あんたんところの自慢のお婿はん、耕次君がやったんや」

「そないなこと、あるわけないやないか！」

「耕次君がそう言うてはった……」

「そ、そんな……なんでや」

「夕べな、香織ちゃんと耕次君が二人して泣きながら話してくれた。ええか、耕次君なあ、あんたの教え方が厳しゅうて辛いんやそうや」

「そんな訳ない……耕次君は婿に来てくれた時、こう言ってくれたんや。『僕はなんも扇子のこと知りません。一から教えてください。もともと末っ子の甘えん坊やさかいに、厳しゅうお願いします』言うて」

「それも聞いてます。そやけどなぁ、厳しいうにもほどがある。ただでさえ、お婿はんいうんは肩身が狭いもんや。気の休まる時がない。もともとなぁ、耕次君は生真面目《きまじめ》な性格なんやな。そういう人はな、厳しゅうせんでもちゃんとやらはるもんや。それを背中押しすぎたんと違いますか？」

「……」

「耕次君泣きながら、お義父さんのこと尊敬してる、自分はまだまだや、そやけど、辛抱《しんぼう》ももう限界やて。どないに気張っても毎日毎日お義父さんに叱られる。一度も褒められたこともない。ストレスの持って行きどころが無《の》うなって、気付いたら涼太ちゃん、つねっていたそうや」

「そ、そんな……」

「幸い香織ちゃんがすぐに気付いてなぁ。なんとか止《や》めさせたそうや」

「それが……わ、わ、わてのせい？」

「うちは、あんたを責めてるんやない。あんたも辛かったはずや。お婿はんに厳しゅうするんにも訳があったはずや」

「う、う、う……」

総三郎は目を腫《は》らして嗚咽《おえつ》した。両手をグッと握りしめ膝の上で震わせている。

「どうしたんや、お前」

と、佐市が総三郎の肩にそっと手を置いた。ところが、パッとその手を振り払った。

「な、なんや……」

「わてはなぁ、お前が羨《うらや》ましかったんや。だから、だから、負けとうのうて……」

と、総三郎が佐市の顔を見て言った。

「なんやて……どういうことや」

「知っての通り、わてらは同じ婿養子仲間や。よく励ましあったもんや」

「そうやったなぁ」

「そやけど、あんたのお義父はんはやさしいお人やった。『のんびりやりなはれ』言われたそうやなぁ。そやけど、うちは最初からスパルタや。歯ぁ食いしばって頑張ってきたんや。離縁して何度逃げ出そう思うたことか。そやから……あんたにだけは負けとうなかった。あんたがライバルや思って生きてきたんや」

「……ライバルやて……そないなこと」

「そやから、娘ができた時に思ったんや。同い年というのは打ってつけやてな。香織を、あんたんとこの佐保ちゃんには何があっても負けんよう努力させた」

佐市は、初めて聞く総三郎の胸の内に驚き、何も言うことができずにいた。

「二人がピアノ習い始めた時のことや。勉強もそうや。香織にはこっそり付ききりでおさらいさせた。絵も内緒で習わせた。あんたんとこより、ええお婿さんもらおうと必死で縁談探したこともある」

一気にしゃべって、息を弾《はず》ませている総三郎に、佐市が言った。

「あほやな……お前」

「なんやて？」

と、ムッとした顔つきの総三郎に、佐市が呆《あき》れ顔で首を小さく横に振って言う。

「わても同じや」

「え？　……」

「わてもお前が羨ましくてたまらんかったんや。うちのお義父はんはなぁ、やさしいんはええんやけど、そのせいでちいとも仕事が覚えられへんかった。なんで、お隣さんみたいに、しっかり仕事教えてくれへんのかって……。そのくせ、まだわてが未熟なうちにポックリ逝《い》ってしまわはった。ほんま困ってるんや……わてもなぁ、お前に嫉妬してたんや」

「……そ、そんな話、初めて聞くで」

「お互い様やったとはなぁ」

もも吉は、二人が腕組みをして黙り込んでしまったのを機に、再び口を開いた。

「佐保ちゃんにも、言うたんや。隣の芝生は青く見える、てな」

二人は、「わてもや」「ほんまや」と言い合い苦笑いした。

「隣の芝生見るんも、嫉妬するんも、うちは悪いことやないと思うてます。他所《よそ》さんより、良うなろう思うから、気張れるんやないでっしゃろか。そやけどなぁ、自分の家の庭の手入れもせんと、他所さんばっかり羨ましがってもあきまへんえ。

第一、良う見えるだけや。口には出さしまへんけど、誰もが難儀《なんぎ》なこと背負って生きてはるんと違いますか」

総三郎と佐市は、言葉もなく、うつむいてしまった。二人を残して奥へと入っていったもも吉は、しばらくしてお盆を手にして戻ってきた。

「さあさあ、うちの自慢の麩もちぜんざい食べてぇな」

もも吉は、大福梅の入ったおぶも一緒に置いた。

総三郎が、両の手で湯飲みを包みながら言う。口を三角にすぼめて、

「酸《す》うおすなぁ」

と。佐市も、

「酸っぱいわぁ、もも吉お母さん、心に沁《し》みるわぁ」

「ほんまや、心の傷に効き目がありそうや」

もも吉は、いつしか穏やかな表情に戻っていた。


それから、ひと月ほどが経ったある日のこと。

もも吉は、新しい扇子を誂えようと「扇屋ふじわら」へ出掛けた。

二日続いた雨の水たまりを避けてお店の前まで来ると、何やら張り紙がしてある。

「本日臨時休業」

もも吉は、首を傾《かし》げた。お盆と正月以外は休まないはず。商いに熱心なのだ。それが、どうしたことか。ひょっとして、親類のお悔《く》やみか……？

するとと、扉が開いて、総三郎が中から出てきた。

「あっ、もも吉お母さん、おはようさんどす」

「へえ、おはようさん」

後ろから続いて、総三郎の奥さんと、香織・耕次夫婦に涼太も現れた。

「いったい、なんですの？」

「今日はみんなで、鴨川《かもがわ》べりの桜を見に行こういう話になって。奮発して、菱岩《ひしいわ》さんで仕出し頼んだんどす」

重そうな重箱を手にしている。そこへ、隣の西村家の面々も表の戸を開けて出て来た。よく見ると、「やまと仏具店」の扉にも「本日休業」の札が出ている。

「おお、行こか、佐市」

「お待たせ……あっ、もも吉お母さん、おはようさんどす」

「おはようさん」

「ちょうどええ、今晩にでもご挨拶に伺おう思うてたところでした」

「なんでっしゃろ？」

ポカンとしているもも吉に、佐保が歩み寄る。

「もも吉お母さん、うち子どもができました」

「え、なんやて！　でけたんかいな」

「はい！」

健三が佐保の肩をふわりと抱いた。

「それはおめでとうさんどす」

「おおきに」

香織が佐保のお腹《なか》にそっと手を触れた。

「よかったなぁ、佐保ちゃん」

「おおきに、おおきに」

どこからともなく、花びらがふわりと二、三片舞い落ちてきた。花びらを追いかけて手を伸ばした涼太が、

「あっ！　虹や」

と指さした。

雨上がりの空に、大きな虹がかかっていた。

「ほんまや」「ほんまきれいやなぁ」と言い合い、佐保と健三、香織と耕次、そして佐市、総三郎夫婦が空を見上げる。

みなの笑顔が一つになった。
もも吉は思った。
「もう大丈夫や」と。

第三話　行く春を惜しみ零《こぼ》れる落椿《おちつばき》

「こ、これは見事です！　西陣《にしじん》ですね」

「そうどす。お客さん、お目が高い」

　五十も過ぎたと思われる大人《おとな》が、はしゃいで声を上げる。古着をリメイクしたバッグを手にして、それこそ頰《ほお》ずりをしそうなほど、眼を凝《こ》らして眺めている。

　そんな様子に行き交う数人の人が、こちらを振り向く。少し離れたところでは、大学生らしいカップルが、指をさしてニヤニヤ笑っている。美都子《みつこ》は、そばにいて恥《は》ずかしくなるほどだった。

「えっ！　こんなにお安いんですか？　……信じられない」

　無邪気《むじゃき》というのは、こういう人のことを言うのに違いない。


　花見の名所の桜も芽吹いて葉桜になった。

　観光客のピークを過ぎ、京都市内も少し落ち着きを取り戻している。タクシードライバーの美都子は、その日の朝、鴨川《かもがわ》沿いのホテルにお客様をお迎えに上がった。東京からのお客様である。ホテルの馴染《なじ》みのコンシェルジュの話では、

「京都の隅々《すみずみ》に詳しいドライバーさんを、というご指名なんです。昨日もあちこち回らはったそうやけど、あまり楽しゅうなかったたって。なんや難儀《なんぎ》そうなお客様や

さかい誰でもええいうわけにもいかへんので」

とのこと。

「難儀そうな……どすか。どないなふうに？」

「なんというか、神経質というか……縁起《えんぎ》をよく担《かつ》がれるんです」

縁起なら誰でも担ぐ。こと京都の人間は、一年中あれこれと季節の行事だらけで、縁起の担ぎどおしだ。例えば、食べ物一つとっても、細かに決められている。一月七日の七草粥《ななくさがゆ》は全国的な風習だが、京都では一月の十五日に「小豆粥《あずきのおかいさん》」を炊《た》く。節分《せつぶん》には「塩いわし」、祇園祭は「鱧《はも》づくし」、十月のえびす講《こう》には「九条ネギとはんぺいのすまし汁」をいただく。反対に、お盆にはお刺身のような生臭《なまぐさ》いものは控えるといった具合だ。

美都子は、明日はお休みにしようと思っていたが、頼られると断れない性分《しょうぶん》だ。それ以上は尋《たず》ねず、

「かしこまりました」

と言い、引き受けた。

祇園甲部《ぎおんこうぶ》No.1の芸妓《げいこ》だった美都子がタクシードライバーに転身した時には、「異色の芸妓ドライバー誕生！」「運転手は祇園の『もも也《や》』さん」などと、テレビ・新聞で騒がれたものだ。それももう十年以上前のこと。持ち前の勉強熱心さが実

り、名所旧跡に詳しく、今では、ホテルや旅館からの紹介が引きも切らない。

ホテル正面の車寄せで、お客様が出て来られるのを直立不動《ちょくりつふどう》でお待ちした。一流ホテルのベルガールのような制服。実は、個人タクシーを開業する際に、知り合いの有名なデザイナーに頼んで誂《あつら》えたものだ。近くに立っているホテルのドアマンが気になるらしくて、先ほどから美都子の方をチラチラと見ている。もっとも、女優にも勝《まさ》る飛び切りの美人だからでもあろう。

「おはようございます。蒲原《かんばら》様でいらっしゃいますね」

「はい、蒲原です。お世話になります」

いかにもビジネスマン管理職という紺色のスーツに薄黄色のシャツ。特に高いものではなさそうだが、胸のポケットには、ネクタイと同じ臙脂《えんじ》色のチーフが顔を出す。センス良くパリッと着こなしていることに好感を持った。どうやら、なにかしらの「こだわり」を持つ人と美都子はお見受けしたのだった。

「どちらへご案内いたしましょう」

と尋ねる。

「何回も京都へは来ています。清水寺《きよみずでら》とか二条城とか代表的なところはたいてい行ってますので、どこか面白《おもしろ》いところへ連れて行ってもらえませんか？」

「面白いところ言わはると……」

「う〜ん、それがわかったら自分でも苦労しないんですが……」

「あの〜どんなお仕事してはるんどす？」

そう尋ねると、ポケットから名刺入れを取り出して美都子に一枚、差し出した。

「おおきに、頂戴します」

そこには、【大東京計画株式会社　モール開発部部長　蒲原太一《たいち》】とあった。

「モールって何ですの？」

「ああ、アウトレットモールとかショッピングモールとかの開発です。道の駅なんかのプロデュースもやってまして……」

「京都にも桂川《かつらがわ》とか郊外にショッピングモールができて、にぎわってます。大きなお仕事やってはるんどすなぁ」

「いえいえ、それほどでも」

謙遜《けんそん》はするが顔を赤らめたり頭を掻《か》いたりするわけでもなく、表情が硬い。

「あっ、そないやったら、あそこはどうでっしゃろ」

「え？　あそことは？」

「気に入らはるかどうかわからしまへんけど、百萬遍《ひゃくまんべん》さんの手づくり市なんていかがどすか？　今日はたまたま十五日やさかいに」

手づくり市と聞いて、蒲原の眼が急に輝いた。

「あっ！　前から行ってみたいと思っていました。いいですねぇ、お願いします！」

「では参りましょう」

「あっ、ちょっと待ってください」

そう言い、蒲原はしゃがんで靴の紐《ひも》を結び直した。両方の靴とも一度解《ほど》いて、丁《てい》寧《ねい》に時間を掛けて結ぶ。不器用というわけではないが、いやに丁寧で時間がかかった。美都子は、コンシェルジュが昨日、「神経質そう」と言っていたのを思い出した。

「これでよし！　……すみません、よろしくお願いします」

美都子は後部座席のドアを開けて、蒲原を車内へと誘《いざな》いエンジンをかけた。

「いやあ〜すごい人だ」

百萬遍知恩寺《ちおんじ》。

京都大学のすぐ近くに位置する古刹《こさつ》である。

今から七百年近くも前のこと。都に大地震が起き、多くの人々が疫病《えきびょう》で亡くなった。後醍醐《ごだいご》天皇の勅命《ちょくめい》で七日七晩にわたって百万遍の念仏《ねんぶつ》を唱《とな》えたことから、天皇より「百萬遍」の称号を下賜《かし》されたという。それに由来《ゆらい》し、この寺をみなが親しみを込めて「百萬遍さん」と呼んでいる。

この寺の境内《けいだい》で、「素人《しろうと》が作ったものを発表する場」として手づくり市がはじまったのは、昭和六十二年のこと。それが徐々に人気を博し、今ではなんとおよそ四百店舗もが出店する一大イベントになっている。

美都子が、門前で車を停めて、

「携帯の番号をお伝えするので、帰らはる頃お電話ください」

と言うと、

「一人じゃ寂しいから、一緒に回ってもらえませんか」

と頼まれてしまった。そこで、美都子は車を駐車場に停め、あとから追いかけて探すと……古い着物や帯を使いバッグを手作りしているお店の前で、蒲原と初老の女性店主がうんちくに花を咲かせていた。

「このショルダーバッグも西陣ですね」

「そうどす。まだ新しいもんで、明治の初め頃やと思います」

「え!?　それでまだ新しい、ですか？」

「へえ、京都では明治はついこの前のことどす」

そう答える店主は、自らも古い着物を仕立て直した作務衣《さむえ》を纏《まと》っている。

「ご存じやと思いますが、西陣は金糸《きんし》や銀糸《ぎんし》を用いた絢爛豪華《けんらんごうか》な華やかな図柄が特徴です。古くからお公家《くげ》さんの装束《しょうぞく》や祇園祭山鉾《やまほこ》の前懸《まえか》けなどにも用いられてます。よお見て見なはれ、これなんぞは経糸《たて》が細《こま》こう細こう使《つこ》うてありますやろ。こういうもんは、今はなかなかあらしまへん」

「なんと！」

「それがこのお値段ですか」

「うちも他所《よそ》のお店も、みんな百萬遍さんに出店してるのは個人の職人さんや素人さんばかりやから良心的なんどす。中間マージンがないさかい」

「これください」

「おおきに」

「あの〜それから、これと、これと、このリュックもいいですね。あっ、その奥に掛かっているセカンドバッグもいただけますか？」

「あんさん、そないに買《こ》うて、奥さんに叱られたりしまへんか」

「……叱られるかも」

「あはは、おもろい男はんやなぁ」

結局、蒲原はあれこれ七点も購入した。見かねて美都子が手を差し伸べる。

「お持ちしますね」

「あ、ありがとうございます」

（こないにぎょうさん買うて……）と美都子は驚いたが、それは序の口だった。その後も、混雑する境内を巡り、次々と買っていく。

梅味噌《みそ》。これは、丹後《たんご》の米農家が有機栽培《さいばい》で育てたお米で作ったお味噌に、これまた無農薬で育てた梅の実を練り込んだという逸品《いっぴん》。ご飯のお供に最適だ。

清水焼《きよみずやき》の豆皿セット。五つ選《よ》り取り見取りで二千円也《なり》。蒲原は、山ほど並んだ中から、ユニークな色形のものを一つずつ選んでいく。「ジャムやバターを載せても面白《おもしろ》いですね」と蒲原はぶつぶつ呟《つぶや》く。ジャムといえば、ブルーベリーにあんず、いちごの粒がそのまま形を留《とど》めている瓶詰《びんづめ》をいくつも買った。ラベルも芸大出身の店主が自ら描いたという。空瓶はそのままオシャレなインテリアとして使えそうだ。

その他、アンディ・ウォーホル風の招き猫Tシャツ、特製調合インドカレーの素《もと》、猫キャラクターの歌舞伎絵《かぶきえ》ポストカードなど、個性的な食品や雑貨の数々。美都子の両手はレジ袋・紙袋でいっぱいだ。もう持ちきれない。

「あの〜、まだ買わはりますか？」

「え？　……ああ、すみません。持たせてしまって」

「それはよろしおすけど、一度タクシーへ荷物を置きに行かせてもらおう思うて」

「夢中で気付かなかった。申し訳ない。もう少し回りたいので……」

「そんなら、いっぺん近くの喫茶店でお茶でもして休憩《きゅうけい》しましょうか」

「そうですね」

蒲原はもう上機嫌。これほど喜んでもらえるとは思わなかったので、美都子はホッとした。いったん総門を出る。

「ここを東へまっすぐ歩くと進々堂《しんしんどう》いうカフェがあります。京大北門前店です。そこへ先に入って待っといておくれやす」

「わかりました」

美都子は、少し離れたコインパーキングへ走り、荷物を置いて進々堂へと駆けた。


「お待たせしました」

「こちらのお店はかなり古いようですね。ちょっと店員さんに尋《たず》ねたら、昭和五年に建てられたフランス風カフェで、創業者は京都にフランスパンを広めた人だとか。レトロな作りがたまらないです」

もちろん偶然ではない。目の前の長椅子と長テーブルは、漆芸《しつげい》・木工《もっこう》作家の人間国宝、黒田辰秋《くろだたつあき》氏の手によるもの。タイル貼りのカウンターに昭和の香りが漂うシヨーケース。境内を一緒に巡り、蒲原の趣味嗜好《しこう》がわかったのでお連れしたのだった。

「それにしても、手づくり市、気に入りました。いやあ、楽しいです。ここは、骨董市《こっとういち》とか、他のフリーマーケットとは一線を画《かく》してますね。商品に力がある。どれも店主の物に対する思い入れがあふれています」

「喜んでくれはって嬉《うれ》しいわぁ」

難儀なお客様と聞いていたが、なんということはない。美都子も安堵《あんど》して注文したコーヒーを口に運んだ。立ち上《のぼ》る香《こう》ばしい匂い。いつ来ても美味《おい》しい。

「あの〜……飲まはらへんのどすか？」

「は、はあ」

先にコーヒーを注文しているはずなのに、白いカップになみなみとコーヒーが注《そそ》がれたままだ。口もつけていないのではないか。美都子は、自分が来るのを待っていてくださったのだと思った。とうに冷めてしまっている。そう思い、店員を呼んだ。

「こちらのコーヒー淹《い》れかえて……」

「いいんです」

「え!?」

「気を遣わないでください」

どうしたことか、ついさっきまで上機嫌だったのに、顔つきがこわばっている。

「でも……」

なんだか気まずい空気が漂う。気に障《さわ》る事でもしたのだろうか。美都子は、店に入ってからの行動を思い返そうとした。しかし、それよりも先に蒲原が口を開いた。

「これ、私のジンクスなんです」

「ジンクス？」

「はい」

「……？」

「置かれたコーヒーカップの取っ手が左向きだったんです」

「左向き？ ……それが何か」

「きっと笑われると思いますけど、左向きで置かれた時には、手を付けないようにしているんです」

美都子にはなんの話かまったく理解ができなかった。

「ずいぶん以前のことなんです。取っ手が左向きで置かれたカップでコーヒーを飲んだ時、商談が流れまして……」

「ああ、験《げん》担ぎですね」

「はい……変ですよね。自分でも承知《しょうち》してます。カップの右側に取っ手を向けるのはアメリカ式。左側はイギリス式らしいです。イギリス式は左手で取っ手を持って、砂糖やミルクを入れてスプーンでかき混ぜるのに適した向きだということも」

「いえいえ、そんなことはあらしまへん。うちも、ぎょうさん験担いでます」

そう言うと、いくらか蒲原の顔が和《やわ》らいだ。

「ホテルを出発する時、靴の紐を結び直したのもそうなんです。昔、靴の紐が解けると縁起が悪いって聞いたことがあるものですから」

下駄《げた》の鼻緒《はなお》や靴の紐が切れるのは縁起が悪いというのは耳にする。にしても、靴の紐が解けるなんて、日常茶飯事《にちじょうさはんじ》ではないだろうか。だが美都子は、

「昔、テレビで見たことがあります。あのイチローさんも試合の日は、靴下をどっちの足から履《は》くか決めていたとか。一流のお人ほどそうやと聞いてます。蒲原さんは一流のお方なんどすわ」

と言い、心の中では「どないやろ」といくぶん首をひねりつつも、微笑《ほほえ》んでみせた。

「さあ、もう一巡り行きまひょか」

「はい、お願いします」

二人は再び、手づくり市へ。

またまた蒲原の後ろを必死に付いていく。

先ほどにも増して、買いまくる。

美都子もついつい釣られて、ガラス細工のブローチなど何点かを求めてしまった。

「こちらのお店もいいですねぇ」

蒲原がそう言い立ち止まったのは、端切《はぎ》れのパッチワークのお店だ。トートバッグなどお買い物袋や小物を入れるポーチに仕立てている。

「元の柄が実に上手《うま》く活かされたデザインですねぇ」

たしかに、見事だった。桜や瓢簞《ひょうたん》の図柄が、どれも表に来るように裁断《さいだん》されたり縫い合わされたりしてある。元はバラバラの布地《ぬのじ》がパズルを組み合わせるように集まって、一つの個性的な作品に生まれ変わる。それはまるでマジックのようだった。

美都子も、その美しさに魅《ひ》かれて、一つポーチを手に取り、蒲原に見せた。

「これ素敵《すてき》やわぁ。緑の地に赤色が映《は》えて素敵どすなぁ」

ところが、蒲原は眉《まゆ》をひそめている。今の今まではしゃいでいたのに。

「どうされたんどす？」

「……」

「ええ思われませんの？」

「縁起が悪い」

「え？」

「椿《つばき》なんて縁起が悪い」

「……」

「昔から言うでしょ、武士の家の庭には椿は植えないって。椿は、まるで首がストンッと落ちるように花ごと散る。縁起が悪いです」

美都子は「聞いたことあります」と力なく答えるしか術《すべ》がなかった。何も受け入れないという雰囲気《ふんいき》が漂ってきたのだ。

気付くと蒲原は、すたすたと先に行ってしまった。美都子が手にしたポーチは、苔《こけ》の緑に、真っ赤な椿の花が鮮《あざ》やかなデザインだった。お店の女主人が言う。

「それ、けっこううちの自信作なんやけどなぁ」

「すんまへん、かんにんどす」

そう言い、蒲原を追いかけた。あれほど楽しかったひと時が、沈黙となった。

一回りし終わったところで尋ねた。

「お昼はどうされますか」

「ここで大福とかクッキーとか食べてしまったんでお腹《なか》は空《す》いてません。もうここは充分です。どこかお勧めの穴場のお寺へ連れて行ってもらえませんか」

「わかりました」

そう返事はしたものの、美都子はせっかく縮まったお客様との心の距離が遠のいてしまったような気がした。「椿は縁起が悪い」と言われたのが、どうしても心に引っ掛かったからだ。そこで、美都子は一計を案じ「では、お任せください」と高《たか》雄《お》方面へとハンドルを切った。

「いかがですか？　ステキでしょう」

ここは、平岡八幡宮《ひらおかはちまんぐう》。空海《くうかい》が宇佐《うさ》八幡宮から分霊《ぶんれい》して建立《こんりゅう》したという古い謂《いわ》れの神社だ。ところが……。美都子は蒲原の表情を窺《うかが》おうとして凍りついた。明らかに怒っているのがわかる。平岡八幡宮は椿の名所として有名で、二百種類の椿が鑑《かん》賞《しょう》できる。花の時期も終わりで、神域《しんいき》のあちらこちらに花が落ちている。

ちょうど落椿《おちつばき》が美しい時期。今日も、アマチュアカメラマンが幾人か訪れて撮影している。中には、プロと思われる人もいる。美都子は、ぜひこれを蒲原に見てほしかったのだ。ただ、けっして、イケズなのではない。落椿の美しさを実際に見てほしかったのだ。ただ、それだけ。

　ところが、その蒲原は、地面いっぱいに落ちている椿を見るなり、わなわなと震《ふる》え出してしまった。

（あかん……）

　美都子がそう悟《さと》った時には、すでに遅かった。

「もういい、京都駅まで戻ってください。東京へ帰ります」

　プイッと踵《きびす》を返して、タクシーに戻ってしまった。

　今日は、今年初めての夏日《なつび》だというのに、タクシーの中は寒《かん》が戻ったように冷え切ってしまった。

（なんとかせな……）

　と美都子は焦《あせ》った。このままでは申し訳が立たない。バックミラーをチラチラと見るが、蒲原は腕組みをして目をつむっている。

（なんとかせんと、なんとかせんと……）

「え!?……新幹線八条口までとお願いしたはずだが」

　蒲原は憮然《ぶぜん》として言った。

「かんにんどすえ、蒲原様。それほどまでに椿の花がお嫌いやとは思いもせえへんさかい、怒らしてしもうて。このまま東京にお帰ししては、祇園の女が廃《すた》ります。

普段は一見《いちげん》さんお断りのお店やけど、甘いもんでもご馳走《ちそう》さしておくれやす」

「え？　祇園の女ですって？」

それには答えず、美都子は車を鴨川《かもがわ》沿いの川端通《かわばたどおり》へ走らせた。駐車場に停めると、半ば手を引くようにして蒲原を導《みちび》き、花街《かがい》の路地《ろじ》を左へ右へと進む。そして、静かな佇《たたず》まいの古い町家《まちや》へと誘った。


美都子が蒲原を車に乗せて、花街へと向かっていた、ちょうどその頃。

甘味処《かんみどころ》「もも吉庵《きちあん》」には、隠源《いんげん》と隠善《いんぜん》がやって来て、カウンターに座ったところだった。すぐ近くの建仁寺《けんにんじ》塔頭《たっちゅう》の一つ満福院《まんぷくいん》の住職と、その息子の副住職だ。

隠源が甘えた声で言う。

「ばあさん、いつもの甘いもん頼むわ」

「誰がばあさんやて、じいさん」

隠善が、諌《いさ》める。

「オヤジ、もも吉お母さんにいつも、ばあさん、ばあさんて失礼やないか」

花街では、女将《おかみ》さんのことを「お母さん」と呼ぶのが習わしだ。

「それより前にオヤジ言うな、ご住職や。七十超えたおなごをばあさん言うて何が悪いんや」

「お母さんかんにんや、オヤジがいつも口悪《わる》うて」

と隠善が詫《わ》びる。そもそも、もも吉はたいして気にしている様子はない。

今日の着物は、光沢《こうたく》の映《は》える銀ねずみ色。白の染め帯には藤の花が大きく垂れ下がっている。帯締めは濃い紫だ。

もも吉は、いつものように、カウンターの内側の畳敷《たたみじ》きに、背筋をシャンと伸ばし正座をしている。細面《ほそおもて》に富士額《ふじびたい》。黒髪のせいもあり、初めて会う者は誰もが歳よりは十近くも若く思うに違いない。

「今日は、もうすぐお客様なんや、ええ男はん」

「誰や」

それに答えず、ウキウキとして、

「来はったら一緒に作ってあげるさかい、ちびっと待っとき」

と言われ、隠源は「誰やそいつは」とぶつぶつ言い不貞腐《ふてくさ》れた。

そこへ、ガラリと表の格子《こうし》戸が開く音がした。

「あっ！ 来はった、来はった」

もも吉が、玄関へとスタスタと駆けるように迎えに出た。

「なんや、わてが来る時とはえろう顔つきが違《ちご》うてるやないか。なんでお迎えに行くんや……いったいどこぞの何様や」

「ほんまやなぁ」

と、隠善も同意して頷《うなず》く。

「お久しゅうございます」

「もも吉お母さん、ご無沙汰《ぶさた》です」

「会いたかったです、お母さん」

と、玄関から二人の男性の声が聞こえてきた。店内に入ってきたその二人の顔を見るなり、隠源の眼が見開かれた。そして、隠善が、

「あっ！」

と声を漏《も》らす。

「あんたらも知ってはるやろ」

と、もも吉は彼らを席へと促《うなが》した。水色の麻ジャケットを羽織《はお》った背の高い体格のいい男が隠善の隣に。そしてもう一人の、いかにもインテリそうな、しかしTシャツに薄手のパーカーというラフな格好の男は、一つ飛んだ席に座った。L字型のカウンターの角《かど》の丸椅子《いす》に、もも吉庵に住まいしているアメリカンショートヘアーのおジャコちゃんが「うるさいなぁ」という顔つきで居座っていたからだ。

「ああ、先に紹介しておきましょ。奥が建仁寺の塔頭の住職・隠源さん、そいで隣

が息子の隠善さんや」

「はじめまして、堂島《どうじま》です」

「加藤《かとう》です」

「ぞ、ぞ、存じ上げてます」

隠源は、腰を浮かせて声が高ぶっている。

「な、なんや、ばあ……お母さん、水臭《みずくさ》いやないか。なんで今まで内緒《ないしょ》にしてたんや。わて堂島監督の大ファンなんや。それに、こちらは時のお人やないか……」

それもそのはず。体格のいい方の男性は、昨年までプロ野球「浪花《なにわ》タイフーン」の監督を務めた堂島徹《とおる》だ。万年最下位のチームを三年連続で優勝に導き、昨年は日本シリーズでも優勝。この春からは、タイフーンのシニアディレクターとかいう肩書き。その手腕の源《みなもと》は、選手の個性を伸ばし、やる気を起こさせるという人心《じんしん》掌握術《しょうあくじゅつ》にあると言われている。そのため、畑違いの上場《じょうじょう》企業から「人事部顧問《こもん》に」という依頼が殺到《さっとう》しているという噂《うわさ》だ。

いま一人は、エクシヴ加藤。世界的デザイナー。舞台衣装を手掛けたことをきっかけに、ミュージカルのプロデュースまで熟《こな》すようになり、昨年はブロードウェイ公演も成功させ、『ＬＩＦＥ』の表紙を飾った有名人だ。

「なに興奮《こうふん》してるんや、まだまだ修行が足りまへんなぁ」

「そないなこと言うても、わて子どもん時からタイフーンの大ファンなんや。……なんで内緒にしてたんや」

「花街に秘め事は付きもんどす。今さら何言うてますのや」

「僕らは、もも吉お母さんのおかげで、ここまでになりました。辛《つら》い時にいろいろ相談に乗っていただいたので、それで誰にも言わないでくださったのでしょう」

堂島がそう言うと、

「僕も同じです。堂島さんとは、もも吉お母さんがお茶屋の女将をされていた頃、ホームバーで知り合いました。意気投合して、以来二十年の付き合いなんですよ。悩み事が似ていたことが、僕らの結びつきを強くさせたのかもしれません」

ホームバーとは、お茶屋が経営するバーのこと。お座敷《ざしき》に上がるとどうしても、料理の予約なども あり形式ばってしまう。お馴染《なじ》みさんに気軽にフラリと立ち寄ってもらうためにというアイデアで生まれたものだ。

まだ隠源も隠善も、気が昂《たかぶ》っているようだ。隠源は、興味津々《しんしん》で尋ねる。

「伺ってもええんやろか、そのお二人の悩み事って……」

「まあまあ、話は後や。まずは麩《ふ》もちぜんざい召し上がっておくれやす」

支度《したく》がしてあったらしく、もも吉は、奥から熱々のぜんざいを運んでおのおのの前に置いた。箸《はし》を取る前に、四人ともが「はて」と首を傾《かし》げた。

「これなんや？　……色が白っぽいで」

　と、先に尋ねたのは隠源だ。

「お二人とも八面六臂《はちめんろっぴ》のご活躍でお疲れやろうと思うて、今日はヘルシーなもん拵《こしら》えてみました。豆乳《とうにゅう》ぜんざいどす」

「なんやて〜、豆乳？」

「まあまあ、お箸つけてから」

　毎度、斬新《ざんしん》な変わり種ぜんざいを供《きょう》されることを楽しみにしている隠源だったが、今日ばかりは口に運ぶのを臆《おく》している様子。

「うん、美味しい」

　最初に口にして声を発したのは堂島だ。続いて、エクシヴ加藤が、

「これは、これは。まろやかというのは、こういうもののことを言うのでしょう。いかにも身体《からだ》にやさしい感じがします」

「ほんまかいな」

　とぶつぶつ言いながら一口食べた隠源も目じりが下がり、にやりとした。

「いつもの吉田甘夏堂《よしだあまなつどう》さんのあんこを、有機無農薬の無調整豆乳で溶《と》いて温《ぬく》めました」

「でも、何かいい香りが……フワッと鼻孔《びこう》に」

「わからはるんや、さすが加藤はん。糀甘酒《こうじあまざけ》をちびっとな、加えたんどす」

「なるほど、それで。素晴らしい」

「うんうん、マイルドっていうんでしょうか。美味しいです」

堂島もエクシヴ加藤も絶賛。隠源は、いまさら褒《ほ》めるタイミングを逸《いっ》し身を小さくしている。仕方なく、問う。

「豆乳と甘酒、どこで買《こ》うたんや」

「よくぞ聞いてくれはったわ、じいさん」

「なんやて！」

著名な二人の前で、いつもとは反対に先に「じいさん」と呼ばれてムッとした。もも吉は、したり顔だ。

「朝いちばんでな、百萬遍さんの手づくり市で買うて来たんや。嵯峨野《さがの》の小さなお豆腐《とうふ》屋さんとな、伏見《ふしみ》の古い酒蔵さんが店出してはってなぁ。なんべんか通《かよ》って懇意《こんい》にさせてもらってるんや。嵯峨野と伏見に別々に行ったら一日がかりや。それがいっぺんに手に入るんやさかいありがたいことや」

「なるほど、確かにこれは美味《うま》いで……」

と、隠源は一番最後に申し訳なさそうに褒めた。

そこへ、玄関の格子の戸が開く音が聞こえた。

みなが表の方へと顔を向けた。

蒲原太一は、抗《あらが》う間《ま》もなくドライバーの美都子に花街へと連れて来られた。

美都子は駐車場に車を停めると、振り返りつつスタスタと先導《せんどう》していく。

さっき、花見小路《はなみこうじ》の角に「万」と染め抜かれた朱の暖簾《のれん》の店を通った。ガイドブックで見たことがある。かの大石内蔵助《おおいしくらのすけ》が吉良上野介《きらこうずけのすけ》を油断させるために遊んだという お茶屋「一力亭《いちりきてい》」だ。たしか「一」の字に「力」で「万」。「祇園まめ知識」なるコラムに書かれてあったのを読んで、なんと洒落《しゃれ》ているのだと思った記憶がある。

その店の前は、観光客であふれかえり、進むのも困難なほど。ところが、少し歩いて左へ右へと曲がり、細い路地に入ると人影ひとつ見えなくなった。

「え⁉」

「こちらどす」

そう言い、美都子は格子の戸をガラリと開けて中へと入っていく。正直、太一は臆《おく》した。ここは、ひょっとして舞妓《まいこ》さんと遊ぶお茶屋ではないか。戸惑っていると……小さく手招きされ、仕方なく飛び石に従って中へと進んだ。

そして……靴を脱ぎ、上がり框《かまち》を上がって襖《ふすま》を開けて中へと入ると……。

「お母さん、お客様お連れしました」

「おこしやす」

そう答えたのは、小柄ながらも背筋をシャンと伸ばした老齢の女将だった。

カウンターに六つだけの背もたれのない丸椅子。その向こう側は畳敷き。さらに壁には、竹をスパッと割った一輪挿《ざ》し。そこには……ご丁寧にも椿が活《い》けられており、太一は再び眉をひそめた。またまた椿だ。しかし、異次元の世界にタイムスリップしたような驚きで、気に留める心の余裕もない。

いや、驚いたのは、それだけではなかった。

「こんにちは」

「こんにちは、はじめまして」

と、カウンターに腰掛けている二人の男性が、こちらを向いたのを見てびっくりしてしまった。それは、テレビでよく見る人物ではないか。堂島徹に、エクシヴ加藤。ここはいったい何なのだ。太一は、言葉を失った。碌《ろく》に返事をすることもできないまま、促されて席に着いた。

奥の席に座っている、年輩と若いお坊さんも無言で会釈《えしゃく》をしてよこした。

「あれまあ、千客万来《せんきゃくばんらい》とはこういうことやね、さあさあ、おジャコちゃん、こっちへおいで」

と、女将が椅子の上で丸くなっていた猫を抱きかかえて畳の上に運んだ。

「美都子は、おジャコちゃんの席に座りなはれ」

「へえ」

六席しかない店が満杯になった。

「美都子ちゃん、おじゃましてます」

「ご無沙汰です」

堂島と加藤が、いかにも気楽な感じで美都子に挨拶《あいさつ》をした。

「お兄さん方、お久しゅう」

この美都子というドライバーは、いったい何者なのか。太一はますますわからなくなってしまった。

「どうしたんや、美都子」

「うち、ちょっとしくじって……こちらのお客様にご無礼《ぶれい》なことをしてしもうたんや。あっ蒲原さま、こちらうちの母のもも吉です」

「こんにちは……いや無礼だなんて……」

と、頭を軽く下げた。美都子が、今朝《けさ》からの出来事を説明した。

手づくり市で、太一がはしゃいで買いまくったこと。

太一が、椿の柄のポーチを嫌ったこと。

そして、平岡八幡宮へ落椿を鑑賞しに行き、気分を悪くさせてしまったこと。

「なんやて、あんたも手づくり市に行ってはったんか。うちもや」

「不快な目に遭《あ》わせてしもうたお詫《わ》びに、もも吉庵名物の麩もちぜんざい食べていただこう思うて」

年輩の方のお坊さんが口をはさんだ。

「それは美都子ちゃん、出過ぎたことやったなぁ。おせっかいは時に毒にもなる」

「へえ、うちがあかんのどす」

と、しょんぼり。

すると、堂島が、太一に話しかけてきた。

「ここはね、昔、お茶屋だったんです。祇園ではお茶屋の女将さんのことを『お母さん』って呼ぶんです。もも吉お母さんは芸妓時代、No.1の人気だったそうです。もっとも、私はその頃のことは存じ上げないのですがね……。その後、もも吉お母さんのお母様のお茶屋を継がれて、今は「もも吉庵」という名前で甘味処をやっておられるというわけです。とはいっても、商《あきな》いは手慰《てなぐさ》みみたいなものだそうで。花街の人の悩み事を聞いて、アドバイスしたりするのが本業……らしいですよ」

「悩み事……アドバイスですか……」

「ひょっとして、何か思うことがおありなのではありませんか？」

堂島にそう問われて、太一はドキリとした。

「え？　……なぜ」

「縁起を担がれるようですが、いくぶん行き過ぎかと感じました……いや、初対面で失礼」

「いえ、その通りです」

「そういうお方は、悩みを抱えていることが多い」

「さすが名監督でいらっしゃる。お恥ずかしい……ご明察《めいさつ》です」

シーズン中、堂島は毎晩のように選手たちのメンタルの悩みの相談にのっていたと、テレビで見たことがある。堂島の言葉の後を引き取って、もも吉が言う。

「うちは若い頃から『おせっかい』が嫌いどした。行き過ぎた親切や心遣いは、かえって仇《あだ》になることがあるさかいになぁ。そやけど歳を重ねるにつれて、少しばかり考えが変わってきまして。『言うこと、思うことも言わんと死んでしまうのもなぁ』と思うようになったんどす。よかったら、なんでもお聞きしますえ」

太一は、そう言う女将の瞳に、不思議と吸い込まれるような気がした。花街で長く生きるには、きっと人に言えぬ苦労も多かったことだろう。

（この人なら、今の自分の辛い気持ちをわかってくれるかもしれない）

そんな気がした。

そう思ったとたん拳《こぶし》を握りしめ背筋を伸ばして、

「あの……聞いてもらっていいでしょうか？」

と口にしていた。女将は何も答えず、微笑みを浮かべた。

堂島が、言う。

「ちょっと散歩でもしてきましょうか、ねえ、加藤君」

「そうしましょうか、堂島さん」

「そうや、わてらも……」

と、二人のお坊さんも頷《うなず》いて腰を浮かせた。四人が席を立とうとするのを、太一は手のひらでパッと制した。なぜか、自然に手が動いてしまったのだ。太一は、これも成り行き、運命というものかと思い、言った。

「いいえ、もし差《さ》し支《つか》えなければ、お聞きいただけますか……みなさんにも」

「お聞かせください」

もも吉のその一言で、気持ちが穏《おだ》やかになった気がした。

太一は、ぐるりとその場の全員の顔を見回した後、居住まいを正して語り始めた。

もも吉は、太一の眼を見るでもなく静かに耳を傾けた。

「私は、以前、都市開発の仕事をしておりました。ショッピングモールなどをゼロから立ち上げる仕事です。……でも、それは過去形。いやね、今朝《けさ》、ドライバーさん……いやお嬢さんに渡した名刺は以前のものでして、お恥ずかしい。男は肩書きがないと寂しくて」

「というと……」

「少し前に会社を退職……いや、クビになったのです」

「そうどしたか……何かご事情があってのことどすね」

「はい」

太一は、宙に眼をやり、一年余り前の「あの日」のことを思い出した。

「自慢になってしまいますが、同期では一番で出世を果たしてきました。今まで、七つのモールをオープンさせ、それもすべて高収益を上げています。あと少しで役員に手が届きそうでした。しかし、そうそう人生、甘いものではありませんでした……。田舎《いなか》の母の様子がおかしいと、従兄《いとこ》から電話がかかってきたのです。今でも忘れない。千葉に作った超大型アウトレットモールの、開店前日のことでした」

けっして明るい話ではないことは、誰もが想像できた。

堂島も加藤も、両手を膝の上に置いて聞いている。

「太一ちゃん、ちょっとこっち帰って来られんかな」

「どうしんだい、ケイ兄《にい》」

ケイ兄は、実家の近所に住んでいる二つ年上の従兄だ。幼い頃、川や畔《あぜ》でよく一緒に遊んだものだった。

「おばちゃんの様子がおかしいんだわ」

おばちゃんとは、蒲原太一の母親のことである。

「え?」

「ときどきな、『たくさん作りすぎたんで』って、夕餉《ゆうげ》のおかずをうちへ持って来てくれるんだけどな」

「へ〜そうなんだ」

田舎のことゆえ、ご近所付き合いが濃い。ましてや親戚《しんせき》ならなおさらだ。

「昨日な、俺が役場の仕事から帰ったら、ちょうどおばちゃんと玄関先でばったり。『里芋とイカの煮つけ持って来たよ、あんた好きやろう』って、深皿にラップかけて持って来てくれたんだ。これで熱燗《あつかん》やったら美味いんだ……ところがよう……」

もう夜九時を回っていたが、まだ太一は現場にいた。明日オープンするモールの最終チェックで、周りはガヤガヤしている。携帯に向かって、太一は大声で言った。

「ごめん、……聞き取りにくくて……なんだよ」

「俺がその里芋とイカの煮つけで一杯やってたら、ピーンポーンて鳴るんだよ。誰だと思って玄関開けると、さっき帰ったおばちゃんなんだ。それがさ、いつもみたいにさ、ニコニコ笑って差し出すんだ……」

「何を？」

「大きな器に、里芋とイカの煮つけ抱えてな。『ケイちゃんこれ好物やろ、よかったら食べて』って」

太一は凍り付いた。

「……ほんとか？」

二の句が継げなかった。

「実はさ、オフクロに話したらさ、おばちゃん最近、物忘れが多いらしいんだよ。『お互い年取るといやねぇ』って言いあってるらしいんだけど、今回のはちょっとなぁ。太一ちゃんさ、一度おばちゃんをお医者さん連れて行った方がいいよ。それも大きい病院。こういうことはさ、早い方がいいから明日にでもさ」

「あ、ありがとう。考えるよ」

「か、考えるってなんだよ！　急いだ方がいいよ」

「うん、そうする」

太一は、電話を切った。悪いことは考えたくない。だが、認知症の可能性が高い。飛んで行きたい。今すぐにでも……。

しかし、三年半にも及ぶプロジェクトが、明日《あす》ようやく結実するのだ。土地の買収が難航し、地権者との交渉で四苦八苦《しくはっく》した。悩んで一時は、髪が抜けたほどだった。任せられる部下が誰もいなくて、トラブルはほとんど自分が解決してきた。

（俺がいなけりゃ、なんともならない）

そういう思いで、頑張って来たのだ。

「部長！　ちょっと確認お願いしま〜す」

部下の声で、太一は我に返った。

重く沈んだ心のままで、太一は携帯電話をポケットに突っ込んで返事をした。

「今行く！」

結局、翌日も、翌々日も田舎に帰ることはできなかった。

とりあえず実家に電話をしてみると、すぐに母親が出た。

「どうしたの？　太一」

いつもの元気そうな声だった。ケイ兄の煮物の話をしようかと躊躇《ためら》っていると、「今、ドラマいいところなのよ。用事あるんだったら後にして」

と言われてしまった。とりあえずは安堵《あんど》して電話を切った。

オープン当初は、トラブルが付き物だ。クレームは最終的にすべて、自分に報告するようにと厳命《げんめい》してある。責任者の自分が不在にするわけにいかないのだ。

その日もそうだった。飲食店エリアの入り口に、ツバメが巣作りしているのを見つけたというのだ。「さっさと片付けろ」と言ったが、「可哀《かわい》そうです」と言い、誰も動かない。たしかに最近は、動物愛護《あいご》やら環境保護やら、とかく世間の目がうるさくなっている。現場を確認すると、入り口の真下にフンが落ちて汚れていた。やむをえない。心が痛んだが、早朝、太一が巣を取り除いた。罪悪感でいっぱいだったが、まだ卵は産んでいないのがせめてもの救いだった。二羽のツバメが近くの電線に止まって、こちらを恨《うら》めしそうに見つめている。こんなやっかいなことが、毎日のように次々と降って湧いた。

ようやく一息ついたのは、モールのオープンから五日後のことだった。疲れ果てて久し振りに埼玉の自宅に帰った。バタンと倒れるようにソファーに横になり、眠りに落ちた。

仕事柄、あちこちの現場に腰を据えて働く必要がある。そのため、結婚してから二十五年、その半分は単身赴任《たんしんふにん》だった。一人娘の亜衣《あい》は去年、大学に受かって大阪にいる。昨日も「やりたいことが見つかったの。来年、留学するかも」と、嬉しそうに電話があったばかりだ。家族バラバラの生活だが、それぞれが充実して暮らしており、健康であればそれでいいと思っていた。

ソファーで死んだように眠った。

どのくらい経ったか。妻の麻子《あさこ》の声で目が覚めた。

「お帰りなさい」

「ああ、ただいま」

麻子は、地元の中学校で先生をしている。世間でいう「ブラック」というのは本当で、太一顔負けのハードな生活を送っている。お互い顔を合わせると、愚痴《ぐち》を言い合って、ガス抜きする。この春から教頭《きようとう》になり、忙しさに拍車《はくしや》がかかった。

「あなた、疲れてるとこ申し訳ないけど、何回も携帯が鳴ってたわよ」

「え!?」

「なんで起こしてくれなかったんだ」

「何度も起こしたけど起きなかったのよ」

気が付かなかった。それほど熟睡《じゆくすい》していたらしい。もう夜だ。

着信は、ケイ兄からだった。慌《あわ》ててかけ直す。

「何やってんだよ、太一ちゃん」

「なんだよ」

「なんだよじゃないよ、すぐ来い！」

「え？」

「おばちゃんち、火事でさ。消防とか警察とか来て大騒ぎなんだ！」

「……」

もうこの時間では、電車がない。取るものも取りあえず、車に飛び乗り田舎へと高速を走らせた。麻子が、

「ごめんね、明日も生徒の相談で学校休めないの、これ」

と、ポットに濃いコーヒーを詰めて渡してくれた。気持ちが嬉しい。

田舎に着いたのは、明け方近くだった。

もう消防隊員も警察官の姿もない。

実家は外から見るだけではなんともない様子。玄関は開いており、中に入るが誰もいない。台所に行くと、コンロの辺《あた》りが真っ黒になっていた。天井《てんじょう》の一部が焼けて崩れ落ちている。そこから、水が滴《したた》り落ちていた。後ろから声がした。

「太一ちゃん」

「ケイ兄」

「ボヤでよかったよ」

「ボヤ……」

「うん、おばちゃんはうちで預かってる。気が動転《どうてん》してるんで、お医者さんに薬をもらって眠っている」

「……そうか……悪い」

言葉は丁寧だが、少し怒っているように思えた。

「この前も電話したろ！　なんですぐ来なかったんだ。おばちゃん、火の始末忘れちゃったんだよ」

「そうか……」

「病院に連れてけって言ったろ！」

「大事な仕事があって……」

「おばちゃん……オフクロさんと仕事とどっちが大事だと思ってんだよ、いいかげんにしろ！」

太一は答えることができなかった。

もう夜が明けようとしていた。表に出ると、ツバメが電線に止まっているのが見えた。二羽。ときどき向き合って、何やら話しているように見える。

太一は、ハッとした。

そうだ、そうに違いない。この前、モールの入り口のツバメの巣を、取っ払ってしまった。そのせいだ。太一は昔、母親からこんな言い伝えを聞いたことがあった。

「ツバメの巣を取ると、火事に遭《あ》う」

「そんなことがありましてね」

と言うと、もも吉が太一に、悲しげではあるけれど、やさしい瞳を向けてくれた。

「人は、悪いことがあると、気が弱くなるもんどす。そやから迷信《めいしん》みたいなもんを、よけいに信じたくなるんどすなぁ」

「たぶん……」

「お母さんは、どないなお人で……？」

太一は、母のことを話そうと思った。

「ものすごく頑張り屋の母でした。私は一人っ子でして。父親は、私が子どもの頃亡くなったので、母がビルの清掃をして育ててくれたんです。貧しくて、学校へ行く時、『給食しっかり食べて来なさいよ』と言われたもんです。中学に入った頃は、卒業したら働きに行かないといけないと思ってました。それが、大学まで行かせてもらって……ありがたいことです……感謝しないといけないのに」

「どの親もそうや、子どものために気張《きば》るもんやさかい」

みなシーンとして聞いている。

「ケイ兄や、親戚の人たちに言われたんです。こっちで一緒に暮らしてやれないのかって。でも、もう次の仕事が決まっていました。私が一から企画したプロジェクトで、現場は静岡です。私は仕事が好きでした。何もない場所に大きな建物を作って、大勢の人が集まる。笑顔で買い物したり、食事をしたり。中には、そこで出逢いがあって結ばれる人もいるかもしれない。そう……やりがいのある仕事でした」

「ええ仕事に就《つ》かはりましたなぁ」

と、もも吉に言われ、太一は何か自慢をしているような気持ちになり頬が赤くなった。

「大学病院で検査してもらうと、幸いなことに母の認知症は初期で軽度ということでした。すぐに治療を始めれば、進行を遅らせることは充分に可能と言われ、ホッとしました。それで真剣に考えたのです。母を家に引き取ろうか。でも、妻の麻子も仕事で精いっぱい。第一、自分が単身赴任しているのに、妻に世話をさせるなんてことできない。かといって、赴任先へ呼ぶわけにもいかない。つらつらと、ああでもないこうでもないと……その時でした。母が言うんです」

「なんて？」

「わたしのことは心配しなくてもいいから、頑張って好きな仕事をしなさい。仕事は大事よ。わたしも仕事があったから、今日まで生きて来られた。食べるためだけに働くんじゃない。働くことが、生きる力になるのよ。本当にダメになったら『太一、助けてー』って呼ぶからって」

「ええお母さんどすなぁ。それが母親の愛情いうんでっしゃろなあ」

「その翌週から、私は土日に帰省することにしました。麻子も、忙しいのにもかかわらず、何度か一緒に行って家事を手伝ってくれました。頭が下がります。ヘルパーさんも頼みました。休みなしですから、正直しんどかった。でも、親孝行だと思うと、不思議に気持ちは軽かったんです」

「よろしおしたなあ」

「ええ。ですが……」

その一言で、再びその場の空気が張りつめた。

「火事から半年ほどが経ったある日のことでした。またまたケイ兄から仕事中に連絡が入ったんです。母が、家の前の側溝《そっこう》に落ちて足を骨折したって。今度は会議もほっぽらかして、飛んで行きました。存外、母は元気そうに見えましたが、そこから先は……谷底へ転げ落ちるような具合でした。入院中に、認知症が急に進んでしまったんです。『私、なんで病院にいるの？』なんて言い出して」

今度は、年輩《ねんぱい》のお坊さんが相槌《あいづち》を打って言った。

「よう耳にする話や。年寄りは転んだりするんが一番怖《こわ》い」

「はい、その通りでした。老人ホームを探したけど、すぐには見つからず。退院した後、親戚やご近所さん、ヘルパーさんなどみんなの力を借りて世話することになりました。もちろん、私も有休を目一杯取って、できる限り帰省するようにしたんです」

「いかにも気の毒」という表情で、全員が聞いていた。

「会社の同僚が同情してくれましてね」

「そうでっしゃろなあ、いつ誰がそうなるかわからへんから」

「『明日の会議は重要じゃないから、休んでもいいですよ。ちゃんと部長に報告しますから』とか、『クレーム対応しておきました！　問題なしです』とか……本当に助けられました。人事からしょっちゅう有休消化するようにうるさく言われてましたから、こういう時は甘えさせてもらおうって思ったんです」

「ええ仲間どすなぁ。どこの会社も、そないなふうやったら、パワハラとかなんとかいうて問題になったりせえへんのになぁ」

「はい、そう思います」

堂島も加藤も、美都子もお坊さん二人も、たぶんこの先、どんな展開になるのかと心配して聞いていてくれたに違いない。少しホッとした表情をしているが、話はここで終わらない。太一には、それを思い出すのも辛かった。

「会社と田舎の往復。そんな生活が半年も続いたでしょうか。『俺もなかなか親孝行だな』と思っていた矢先のことでした。人事異動の内示が出たんです。定期異動じゃなく、臨時のです。人事に呼ばれて……こんな辞令を渡されました」

辞　令

○○年○月○日　貴殿のモール開発部部長の職を解き、審議役に命ずる

蒲原太一殿

「こういうのを青天《せいてん》の霹靂《へきれき》と言うんでしょうね。人事部長はこう言うんです。ニコニコ笑ってね。『これはね、蒲原さんのためなんですよ。お母さまの介護、たいへんでしょ。開発部の人たちからよ～く聞いてます。お疲れなんではないですか？　睡眠も十分に取れていないんじゃないですか？　会社としては、社員の健康を管理

するのも大切なんです。病気になったり、倒れたりしてからでは遅い。審議役は、あなたのために設けた新規ポストです。部下はいませんが、今までのご経験を生かして会社のために忌憚《きたん》ない意見を言ってもらおうというものなんですよ。ご理解ください』ってね。思わず、私はキレてしまい、『よけいなお世話だ！』って怒鳴ったら……急に人事部長の顔つきが険《けわ》しくなって……『有休バンバン取って、定例の会議もサボッて……、大事なクレーム対応も部下任せにしているそうじゃないですか』と。……もう私は、何も言い返すことはできませんでした」

もも吉は、ここまで聞いて、

「ちょっとお待ちやす」

と言い、立ち上がり奥へと入っていった。誰も何も言わない。沈黙だけが続いた。もも吉はすぐに戻ると、太一にお盆からグラスを差し出した。

「あ、ありがとうございます。いただきます」

それは、冷たい氷水だった。フワッと、レモンか何かのいい香りがした。半分ほど飲み干すと高揚《こうよう》していた心に、少し冷静さを取り戻すことができた。

「続き聞かせておくれやす」

もも吉に促されて、太一は再び話し始めた。

「悪い事というのは続きます。それから三月《みつき》も経たないうちのことでした。またケイ兄からの電話です。ちょっと目を離した隙《すき》に、母が行方不明になりまして。徘徊《はいかい》ですね。おばちゃんの家に行ったら誰もいない。足が悪いから、杖《つえ》をついても遠くへは行けないはず。今、警察にも頼んで捜索《そうさく》しているところだというのです。慌てて電車に飛び乗りました。もう閑職《かんしょく》ですから、誰の目を気にすることもありません」

黙って聞いていてくれた年輩のお坊さんが、身を乗り出して尋《たず》ねた。

「それで、どないな……」

「すぐに見つかりました。裏山へタケノコ取りに行ってたそうです。真冬に……。もうこれはいけないと思いました。それからまた会社とひと悶着《もんちゃく》です。どうせ左遷《させん》されたんだからと、介護休業を申請《しんせい》したんです。三か月。付きっ切りで母親のそばにいました。ケイ兄も、親戚も、近所の人たちもホントよくしてくれました。田舎って支え合いなんですよね。長く都会で暮らしていて忘れてました。それで休みが終わって戻ってきたら、今度は肩たたきです」

「そないなことあるか」

年輩のお坊さんが腹を立ててくれた。きっと情の厚い人に違いない。

「結局、辞表を出しました。私は組合員でもないし、誰もかばってはくれませんし……これで何も煩《わずら》わしいことを考えず、母親の面倒を看《み》られる。妻も賛成してくれ、実家で一緒に暮らすことにしたんです」

「よかった、よかった」

とお坊さんが言ってくれた。

「はい、本当によかった。おかげで最期《さいご》を看取ることができました」

「え？……まさか？」

と、初めて堂島が口を開いた。

「会社を辞めて、わずか十日後のことです。脳溢血《のういっけつ》で、あっけなく逝《い》ってしまいました」

太一は、気が付くと手の甲で涙を拭《ぬぐ》っていた。誰も声をかけられないでいる。

「悪いことばかりが起きる。どうしたことか。なんで自分ばかり……そう思いました。すると、もう気がおかしくなるくらいジンクスとか言い伝えとかが気になって仕方がなくなって……」

美都子が言う。

「それで、コーヒーカップの……」

「はい……」

「わかります、お気持ち」

「もう私の人生は終わりました。家で、ただ日がなボーッとしている。まるで廃人です。それを見かねた妻が、『あなた京都好きだったわよね、パーッと遊んできなさいよ。私のボーナス使っちゃってもいいから』って言ってくれて。……いい女房です。でも、でも、あんなにも尽くしたのに、会社をクビになって、捨てられたことが悔《くや》しくて悔しくて……」

じっと眼を話を閉じて聞いていたも吉が、パッと目を見開いて言った。

「なるほど、首を切る……それでお嫌いなんやね」

太一が頷くと、急に別人のような険しい目つきになった。

一つ溜息をついたかと思うと、裾《すそ》の乱れを整えて座り直す。もとから姿勢がいいのに、いっそう背筋がスーッと伸びた。帯から扇《おうぎ》を抜いたかと思うと、小膝をポンッと打った。ほんの小さな動作だったが、まるで歌舞伎役者が見得《みえ》を切るように見えた。

「間違《まちご》うてはる。あんさんは会社を辞めさせられたんやあらしまへん」

「え？　……」

太一は、その言いようにキョトンとした。

「……だって首切られて」

「会社に首を切られたんとも違う」

「……でも、肩たたきにあって……」

太一は、もも吉の瞳を見つめた。

いったい何が言いたいのか見当もつかない。

人の心を惑《まど》わす気なのか。それとも単なる慰《なぐさ》めのつもりなのか。

その場の他の人たちも、にらみ合うように見つめ合う太一ともも吉を交互に見た。

「ええどすか。会社に辞めさせられたんと違う。神様が会社を辞めさせたんや」

「……神様？」

「そうや、神様があんさんに次の仕事をさせるためになぁ」

「次の……？」

そう言うと、もも吉は、すっくと立ち上がり言った。

「ちょっとこちらへきておくれやす。奥にあんさんにお見せしたいものがあるさかい」

「なんでしょう」

「ええから、さあさあ……みなさんもご一緒に」

太一は、ただ促されるままに細い廊下《ろうか》を奥へと付いて行った。その後を、堂島、加藤、隠源、隠善……そして最後に美都子が付いていった。
「ここどす」
と言われ、太一はハッと息を呑《の》んだ。
写真では見たことがある。
「ウナギの寝床《ねどこ》」と言われるように、奥に長く深い京の町家造り。
そこには丁寧に手入れされた坪庭《つぼにわ》があった。
石灯籠《いしどうろう》に大小の石が二つ。
背の低い竹と躑躅《つつじ》。
手前の石臼《いしうす》を転用した蹲踞《つくばい》には、竹の筒から水がチョロチョロと流れ込んでいる。
そして、これまた竹で拵えた柄杓《ひしゃく》が一つ置かれている。
一面に青々とした苔がむしていた。
……さらに子どもの背丈ほどの椿が一本。
「どうでっしゃろ。侘助《わびすけ》いう椿どす」
太一は、その椿を魅かれるように見つめた。
濃いピンク。

一重《ひとえ》の小さな花びら。

お猪口《ちょこ》のように可愛らしい。

「今、ちょうど散り際で、ぽろりと花が落ちて苔の上で咲いてはります。蒲原はん、あんさんは、椿は首が落ちるように散るさかい縁起が悪い言わはったそうやなぁ」

「はい」

「その昔、お武家さんの社会ではそういう縁起かつぐ向きもあったそうや。そやけどなぁ。椿は本来、縁起のええ樹木なんどす。神様の霊が宿るいうてな。そやさかいに、神社やお寺によう植えられてるんどす」

「はい……実は、そういう由来も知ってはおりました。でも、ついついマイナスの方へばかり考えてしまって」

「あんさんなぁ、いろいろなこと続いてしもうて、気が弱ぁなってはるんや。それで、もの事をついつい悪い方へ悪い方へと考えてしまうんと違いますやろうか。仕方のないことで、誰も責められはでけへんけどなぁ」

太一は、まさしくその通りだと思った。

今、もも吉の言葉が素直に心に沁《し》みてくる。

「さて、ここからや」

「え？　……まだ何か」

もも吉が、匂い立つような白帯の藤の花を両手で抱くようにし、太一の瞳を見つめて言った。

「椿いうんは、二度咲くんどす」

「二度？」

「そう、二度や。枝で一度……」

「……」

「地面でもう一度」

「……」

「よ～く見ておくれやす。苔の上で咲く椿も綺麗なものでっしゃろ」

今一度、庭に目を向ける。

ハッとした。

その通りだった。

緑の苔の上に、五つ、六つと落ちている。

いや、そこに「咲いて」いた。

「蹲踞に浮かぶ椿もなあ、なんともいえん。そういうんを侘《わ》び寂《さ》び言うんやあらしまへんか」

太一は言葉が出ない。

美しい。

これほど見事な庭を見たことがない。

その美しさの「主役」は間違いなく落椿だった。

女将のさらなる言葉が心にとどめを刺した。

「あんさんも……さあ、もう一花咲かせておくれやす」

「え？ もう一花？」

その時だった。

すぐ後ろで共に庭を愛《め》でていた堂島が、太一の肩にポンッと手を置いた。

「蒲原さん、実は私もあなたと同じなんです」

「え？ 同じ……って」

急に何を言い出すのか。ダメチームを日本一に導いた監督と同じわけがない。

「私はね、選手としては二流……いえそれどころか落ちこぼれでした。一軍と二軍を行ったり来たり。一軍でのヒットはわずか三本。あなたの話を伺っていたら、自分の現役時代のことを思い出してしまいました」

そういえば……テレビか何かで見たことがある。堂島は、選手を引退した後、大リーグへ自費で留学。本場のコーチングを何年も勉強し、それが認められて選手育成の道を歩みはじめることになったという。

「蒲原さん、僕も言わせてください」

「……」

今度は、エクシヴ加藤が話し始めた。

「僕はですね、もも吉お母さんの紹介で、堂島さんと出会いました。私の方が年下ですが、すぐに心を許しあう親友になりました。それはね、似たような人生を送って来たからなんです。他でもありません。私は専門学校を卒業してすぐにアパレルの会社に勤めました。絵が好きで、ずっとデザインの仕事をしたいと思っていました。でも、世の中そんなに甘くない。仕方なく、食べていくために営業の仕事に就いたんです。僕の家も貧しかったので親に仕送りもしなくちゃいけなくてね。ところが、不況で会社が倒産してしまった。三十も半ば過ぎ。もうダメだと思ったこともあります。でも、そこで一念発起《いちねんほっき》したんです。どうせ失うものは何もないんだと。それからがむしゃらに勉強し直して、デザインのコンクールに出しまくりました。それが、私の第二のステージでした」

いつの間にか、堂島と加藤が、両側から包み込むようにして太一の肩を抱いていた。

「蒲原さん……まだまだこれからです」

と言い、堂島がギュッと腕に力を込めてきた。反対側からは加藤が、これ以上ないほどに肩を強く抱いて言った。

「もうひと花……ね。落椿みたいに」

痛い。

でも、太一は振り解こうとは思わなかった。すでに太一の心は、弾《はず》むように動き始めていた。昼間見た、百萬遍の手づくり市を東京でもできないかだろうか。小さな規模でもかまわない。会社ではできなかったようなユニークなプロジェクトを、この手で実現したい。細胞が入れ替わったかのように、活力がみなぎるのを覚えた。

気付くと、頰を熱い涙が伝っていた。

その時、だった。

「あっ、メジロや」

と、もも吉が声を上げた。

メジロが一羽、空から舞い降りて来た。

はじめ椿の枝に止まったかと思うと、蹲踞の縁《ふち》に降り立った。

そして……水に浮かぶ椿を嘴《くちばし》でツンツンッと突いた。

椿がくるくる回った。

それはまるで、金屛風《きんびょうぶ》の前で踊る舞妓のようだった。

第四話　ふるさとを偲《しの》んで踊る京の舞

「なんやこれ〜薄いやないか〜ばあさん」

なんとも情けない声で、ぜんざいの入った茶碗《ちゃわん》を手にして訴えるのは隠源《いんげん》。建仁《けんにん》寺《じ》塔頭《たっちゅう》の一つ、満福院《まんぷくいん》の住職である。今日も「甘いもん食べさせてぇなぁ」と、寺の仕事を息子の隠善《いんぜん》に任せて……というより、こっそりと抜け出して名物の麩《ふ》もちぜんざいを食べに「もも吉庵《きちあん》」にやってきていた。

「なんや、いまひとつ甘《あま》うないで」

と一口すすって箸《はし》を止めた。

「なんやてぇ、文句言うなら食べてもらわんでもよろし！」

「そないな冷たいこと言うて。ほんまはわてのために、愛情込めて作ってくれてはることはわかってるんやで」

「気色《きしょく》悪い、なんであんたに愛情込めなあきまへんのや」

もも吉は、プイッと顔をそらして壁を向く。

着物は紺色の地に露芝《つゆしば》模様が映えている。「露芝」とは、朝露が降りてきて玉が宿る細い三日月の芝草のことだ。それに桔梗《ききょう》をあしらった薄茶色の帯と、淡いアクアマリン色の帯締め。初夏に一足早い涼《すず》しさを感じる。細面《ほそおもて》の富士額《ふじびたい》。しゃんと背筋を伸ばして座っているせいか、古稀《こき》を超えているというのに、歳を感じさせない。

秘色《ひそく》の風が吹く頃の、祇園甲部《ぎおんこうぶ》。

秘色とは、青磁色《せいじいろ》のことで、秘められた宮廷の器《うつわ》にだけ使われた色だという。

雅《みやび》に薫《かお》る葵祭《あおいまつり》はもうすぐだ。

四条通のお茶屋「一力亭《いちりき》」の角を曲がると、そこはまるで映画のセットのような町並みだ。そのため、世界中から観光客が訪れる。写真を撮ろうとして立ち止まるため、人間大渋滞になる。渋谷のスクランブル交差点の方がよほど人の流れがいい。

ところが、一つ、二つと路地《ろじ》を曲がると、急に人の姿が失《う》せる。車も入って来られないほどの細い小路。そんな一角にひっそりと佇《たたず》むのが、甘味処《かんみどころ》「もも吉庵」だ。

「一見《いちげん》さんお断り」

暖簾《のれん》も、看板もない。

おそらく、そろばん勘定《かんじょう》など考えてもいないのだろう。元・祇園のお茶屋の女将《おかみ》だった苦労人のもも吉を頼って、花街《かがい》の人たちが忍んで相談事に訪れる。

隠源は、さらに、もも吉にからむ。

「いやいや、わかってるでぇ、わてが血糖値高いさかいに砂糖減らしてくれたんや。思いやりなんやろ。泣けるわ」

「ただの勘違《かんちが》いや」

「それは嬉《うれ》しい、そやけどなぁ、甘うないぜんざいなんて、気の抜けたサイダーみたいなもんや。いやいや、舞台の無《の》うなった清水寺《きよみずでら》……庭石の無うなった龍安寺《りょうあんじ》、鳥居《とりい》の朱《あこ》うない伏見稲荷《ふしみいなり》、金ぴかがはげた金閣寺《きんかくじ》と同じやで」

「ボケ始めてるじいさんにしては、うまいこと言わはるやないの」

と、もも吉がやりかえす。二人のやりとりを聞いて、娘の美都子《みつこ》と、琴子《ことこ》が「いつものことや」とにやにやしながら見ている。琴子は、もも吉の古くからの付き合いで屋形《やかた》「浜ふく」の女将だ。

L字型のカウンターの角は、おジャコちゃんの指定席である。丸椅子《いす》の上で居眠りをしていると思ったら、二人の会話に呆《あき》れたのか、立ち上がって「ミャ～ウウウ」と一つ大きな欠伸《あくび》をした。

「ええから、砂糖入れて一炊《た》きしてや」

そう言い隠源は、もも吉に清水焼の茶碗を差し出した。その仕草《しぐさ》は、まるで駄々《だだ》を捏《こ》ねる子どものようだ。もも吉が、その茶碗を指さして言う。

「そう急《せ》いて食べんと、よ～く見てみなはれ」

「何をや」

と隠源は、「はて」という顔つきをして、今一度茶碗をのぞき込む。

「今日はなぁ、特別のぜんざいを拵《こしら》えてみたんや。底や、底の方見てみぃ」

「底やて？」

隠源は、箸で茶碗のぜんざいを探る。すると……。

「あっ、これ……いつもと違う。麩もちが白うない、赤っぽい色してるで」

隠源は箸で餅《もち》をそっと摘《つま》み上げた。

もも吉が問う。

「どこぞで見覚えがあるやろ？」

「ど、どこぞって……あっ！」

隠源が、ハッとした表情となり眼を見開いた。

「この『はねず色』は⁉……ひょっとして」

「ひょっとしてやない、その通りや」

「下鴨神社《しもがもじんじゃ》の中にある茶店『さるや』さんの申餅《さるもち》や。そうかそうか、そういう趣向《しゅこう》かいな」

美都子と琴子も自分の茶碗から、底に沈んでいる餅を箸で摘んで思わず声を上げた。親指の先ほどの大きさの、丸っこいやわらかな餅だ。

「ほんま申餅や」

「申餅、申餅！」

祇園祭、時代祭と並んで、京の三大祭の一つに数えられるのが葵祭《あおいまつり》である。その起源は、千五百年も前に遡《さかのぼ》る賀茂御祖《かもみおや》神社（下鴨神社）と賀茂別雷《わけいかづち》神社（上《かみ》賀茂神社）の例祭である。メインの五月十五日には、御所《ごしょ》から下鴨神社、上賀茂神社へと平安時代の貴族の装束《しょうぞく》をした五百余名もの行列が、緑眩《まぶ》しい都大路《みやこおおじ》を八キロも練り歩く。

かつて、その葵祭の「申の日」に、小豆《あずき》の茹《ゆ》で汁で搗《つ》いた餅を神前《しんぜん》にお供《そな》えしたのだという。「さるや」では、その餅を再現してお茶菓子に供《きょう》している。その餅の色が「はねず色」なのだ。

「たしか万葉集の歌にも『はねず色』いうんが出てくるはずや」

と言う隠源に、美都子が尋《たず》ねる。

「どうゆう字書くん？」

「『朱』に『華』と書いて『はねず』と読むんや。なんでも平安の頃に高貴《こうき》なお人だけが身に着《つ》けられる着物の色やったそうや。東雲《しののめ》のなぁ、空一面にふわ～と染まっていく薄茜《うすあかね》色のことやな」

「普段はあほなことばっかり言うてはるけど、さすが博識《はくしき》、偉いお坊さんなんやなあ」

　と、美都子が感心してみせると、「どうや」という自慢気な顔をした。そして、その中餅をパクリ。

「う〜ん、美味《おい》しいわ。わかったで、ばあさんの目論見《もくろみ》が」

「目論見なんて、妙《みょう》な言い回しやめておくれやす」

「すまんすまん、見事な趣向や。餅の中にも甘い小豆が詰まってて、中餅そのものが甘〜いさかいに、それでぜんざいの砂糖を少なめにしたんやな。それだけやない、この焼きが微《かす》かに香《こう》ばしゅうてええなぁ」

「気ぃついたかいな」

「気ぃつかんでか、ばあさん。あれやろ、中餅そのままぜんざいの中に入れて煮たら溶《と》けてしまうさかい、中餅を網《あみ》で焦《こ》げ目がつく程度にサッと炙《あぶ》ったんやろ」

「その通りや」

　もも吉は、ばあさんと呼ばれても怒らない。褒《ほ》められて嬉《うれ》しそうだ。

「うっ、うっ……」

「なに慌《あわ》ててるんや、はよおぶ飲みなはれ」

「あ〜美味しゅうて喉詰《のどつ》まらせるところやった……え？　……これいつものと違《ちご》うてるで？」

「そうや、黒豆茶《くろまめちゃ》や」

「ああ、これも『さるや』さんで出してはるやつやな」

「さるや」では、「まめ豆茶」と称して炒《い》った黒豆に湯を注いで供している。かつて下鴨神社は丹波《たんば》に社領《しゃりょう》があったため、丹波の黒豆をお茶代わりに飲んでいたという。

「それだけやない。さっきから気になって仕方がなかったけど、本物の双葉《ふたば》葵の葉っぱが箸置き代わりに置いてある。なんとも神々《こうごう》しゅうてありがたいことや」

三つ葉葵は、水戸黄門の「この紋所《もんどころ》が目に入らぬか！」というセリフで有名な徳川家の家紋である。対して、双葉葵は、上賀茂、下鴨神社のご神紋《しんもん》であることを、京都の人なら誰もが知っている。葵祭行列の人たちの頭や牛馬などに、桂の小枝とからめた双葉葵が飾られていることを。それゆえに、「葵祭」と呼ばれるようになったという。

「なんで今日は、こないに縁起《えんぎ》ええもの尽くしなんや」

「ようやく気ぃつきはったんか、やっぱりにぶおすなぁ」

「なんやて？」

隠源は、プッと頬《ほお》を膨《ふく》らませるが、考えあぐねている。すると、それまで黙ってぜんざいに舌鼓《したつづみ》を打っていた琴子が口を開いた。

「隠源はん、実はめでたいことがあるんや」

「え？」

もも吉が「そうなんや」と頷《うなず》く。

「うちで仕込《しこ》み中の奈々江《ななえ》ちゃんのことや」

「おお、奈々江ちゃん、最近なかなか気張《きば》ってるようやなぁ」

「そうなんどす。ずいぶん皆さんにご心配おかけしましたけど、井上《いのうえ》先生からお許しが出てなぁ」

祇園甲部の芸妓《げいこ》・舞妓《まいこ》の踊りのお師匠《ししょう》・井上八千代《やちよ》のことだ。舞妓になるために修業中の「仕込みさん」は、井上先生に認められないことには、お座敷デビューがかなわない。

「奈々江ちゃん、踊りもお作法《さほう》もずいぶん上達したさかいに、近くお店出しさせようと思うんや」

「そうか！　そうか!!　それはめでたいことや」

奈々江は、東北からこの花街に一人でやってきた。あの大震災で、近しい家族のほとんどを海にさらわれてしまった。唯一《ゆいいつ》、漁師《りょうし》をしている母方のお爺ちゃんだけが生き残った。ところが、長い避難生活の疲れもあり、喘息《ぜんそく》が悪化し、入退院を繰り返している。

この先の生活にも困り果てていた高一の夏、奈々江はたまたまテレビのニュース番組で舞妓さんの特集を見た。そこで、「舞妓になるには、覚悟と健康な身体《からだ》だけあればいい」と耳にした。屋形と呼ばれる置屋《おきや》の女将さんが、着る物、食べる物のすべてを用意してくれるという。すぐに、遠縁のおばさんに付き添われて、祇園甲部の屋形「浜ふく」を訪《たず》ねた。その女将が琴子である。屋形は住み込みの舞妓をお茶屋の宴席などに派遣《はけん》するのが仕事で、いわば舞妓さんの芸能事務所のような所だ。

琴子は、人一倍、奈々江に目をかけてきた。

隠源が、微笑《ほほえ》みながらも、宙を見上げて漏《も》らした。

「そやけど、あの時はやきもきしたで」

「ほんまや」

と、美都子が合いの手のように言う。琴子は、カウンターに恭《うやうや》しく両手の先をついて頭を下げた。

「みなさんのおかげどす。もも吉お姉さんには、いつも相談に乗ってもろうたし。特に美都子ちゃんには……」

そう言いかけたところで、美都子が、

「えっ、えへん、えへん」

と口に手を当てて咳払《せきばら》いをした。もも吉が尋ねる。

「なんやの美都子、風邪《かぜ》でもひいたんか」

「なんでもあらへん、急に喉がいがらっぽくなっただけや」

美都子が、チラッと琴子にウインクを送った。琴子は、ハッとして、

「あ、いえ、美都子ちゃんにも、いろいろ相談に乗ってもろうてな」

もも吉が美都子に訊《き》く。

「あんた、何かアドバイスでもしてあげたんかいな？　いつも奈々江ちゃんにイケズして叱ってばっかりやないか」

「いや、別に……まあ、うちは叱るのが役目や、一人くらい嫌われ者《もん》がおった方がええんや、なあ、琴子お母さん」

「そ、そうやなぁ」

なにやらこの二人の間には内緒事《ないしょ》がありそうな雰囲気《ふんいき》である。だが、もも吉も、隠源もそれ以上は尋ねようとはしない。ただ、二人してにやにやと美都子を見つめている。美都子が、少し上気《じょうき》して言う。

「でもなぁ、あの時はたいへんやった。もうあかんかと思ったわ」

「ほんまや、よう覚えてる。去年の秋口、高台寺《こうだいじ》さんの観月茶会《かんげつちゃかい》が始まる少し前の頃やった」

と答えるもも吉に、琴子はしんみりとして頷いた。

「そうどしたなぁ」

もも吉、美都子、そして隠源も、空《から》になったぜんざいの茶碗を見つめつつ、黙り込んだ。

去年の八月。

お盆休みに奈々江は帰省《きせい》した。

「ほな、お母さん、行ってきます」

「これ、往復の新幹線の切符。そいで財布《さいふ》にお小遣いも入れといたから、京都駅でな、お爺ちゃんに美味しいもん買《こ》うていってあげなはれ」

「おおきに」

「うん、奈々江ちゃん、ずいぶんイントネーション良うなった。すっかり京ことばも身に付いた。このままなら、近いうちに井上先生からもお店出しのお許しが出るやろう。気張りなはれや」

「へえ、おおきに」

奈々江は、「もうすぐお店出しが近い」と言われ、天にも昇る気持ちだった。舞妓になるための仕込みさん修業は、おおよそ一年とされている。高校一年の夏休みの明けた九月に「浜ふく」にやってきて、間もなく一年が経つ。やっと辛抱が報われる。いや、舞妓になるのは、スタートに過ぎない。その後、二十歳を過ぎて襟替《えりが》えをして、芸妓になってからが本当の修業なのだ。と、頭ではわかっていても、弾《はず》む心を抑えきれずウキウキしてきた。

あれは、「浜ふく」に来て、まだ三日も経たない頃のことだった。琴子お母さんのお使いで、「もも吉庵」へぜんざいの岡持《おかも》ちを取りに行って帰ろうとした時のことだ。

カウンターの隅《すみ》に座っていた、出で立ちからタクシードライバーと思われる女性が、こちらを向いて言った。奈々江は、キョトンとした。

「うちには挨拶《あいさつ》せえへんの？」

なぜ、タクシードライバーがそこに座っているのか。

時間に立ち寄ったのかと思った。奈々江は慌《あわ》てて、

「おはようさんどす」

と答えた。後で琴子お母さんに教えてもらい、初めて知った。そのタクシードライバーは、なんと「もも吉庵」の女将もも吉お母さんの娘さんで、かつては祇園№1の芸妓だったのだという。祇園は、「知らないから仕方がない」では済まない世界なのだ。

その時、パッと思い浮かんだのが、琴子お母さんの言葉だった。

「ええか、祇園では挨拶が一番大切や。それこそ、電信柱にも挨拶するつもりでなぁ」

ここ祇園は狭い街だ。そこに住む人々はみんな家族である。血縁はなくとも、目上の人を「お母さん」「お姉さん」「お兄さん」などと呼ぶ。だから、この街に来たばかりの奈々江にとっては、誰がどこの人かわからない。でも、それこそ「電信柱にでも挨拶しなさい」と教えられていたのに……すっかり忘れてしまっていた。

そのことがきっかけとなり、美都子お姉さんには、あちらこちらで注意されるようになった。正直辛《つら》くて泣いた日もあった。でも、時が経つにつれて、それが徐々に愛情なのだとわかってきた。厳しく叱ってもらうおかげで、言葉遣いや仕草《しぐさ》、着物の着こなしなどを身に付けることができたからだ。

その我慢も、もう少し。

(早く、きれいな着物が来てみたい。お爺ちゃんに見せてあげたい)

そんな夢を見つつ乗り込んだ奈々江を乗せて、新幹線は京都駅を出発した。

奈々江の田舎は、東北の漁師町だ。

いまだに復興の工事が全部は終わっていない。もうあと少し……というところで、台風に襲われて逆戻りしてしまった。それでも鉄道は再開した。最寄りの駅で降りると、「あの日」の恐怖が蘇《よみがえ》った。あれは、奈々江が小学三年生の春のことだ。

学校の授業が終わる直前、教室が大きく揺れた。揺れが収まり、先生に付き添われて集団で下校することになった。

その時だった。

あの恐ろしい「海」がやって来たのは……。

父も母も、そして妹の未久《みく》も海が奪っていった。一緒に住んでいたお爺ちゃん、お婆ちゃんも。港の水産加工場で働いていた、お母さんの方のお婆ちゃんも。

もうこの世にいないことがわかったのは、何日も後のことだった。避難所で三日も泣き明かすと、ついには涙も涸《か》れた。そこへ、お母さんの方のお爺ちゃんが、ひげを生やしたままの疲れ切った姿で現れた。

不思議にまた涙が出た。

泣いた。

泣いた。

お爺ちゃんの腕の中で泣いた。

お爺ちゃんは風邪をひいていて診《み》てもらうため、高台にある病院に行っていて、助かったのだという。

「お母さんは？　お父さんは？　未久は？」

と訊いた。お爺ちゃんはそれに答えず、ただ、

「奈々江、奈々江、おっかながったろう」

と、抱きしめてくれた。それ以上訊くのが怖かった。奈々江は、「恐怖」と「不安」を心の中に封じ込めて、鍵をかけた。いや、自ら望んでしたわけではない。まるで、防衛本能《ぼうえいほんのう》のように、心の扉を閉めたのだ。そうしないと生きていけないから……。

真新しい駅舎を出ると、防波堤が「あの海」を見えないように覆《おお》っていた。奈々江は、それさえも見ないようにして、山手《やまのて》の高台にある病院行きのバスに乗った。エイッと、心のもやもやを振り払って。

お爺ちゃんは、喘息《ぜんそく》の発作《ほっさ》が出るたび、病院に入院する。呼吸困難に陥ることもあるからだ。祇園祭が終わった日、遠縁のおばさんから「また入院したけど、先生は大丈夫って言ってるから安心して」と連絡があった。

病室に入ると、お爺ちゃんが笑顔で迎えてくれた。

「なんの、寝でなくてもええのがぁ～」

「もう、だいぶん調子ええ」

「よがった～よがった～」

奈々江は、ほっとして息をついた。不思議なもので、故郷《ふるさと》に帰ると、自然に言葉が戻る。隣のベッドのお婆さんが話しかけてきた。

「孫が帰ってくっからって、十日も前がらうるさぐで仕方ねぇ」

「そんなごどねえ」

そう言いつつも、お爺ちゃんは照れて頭を撫《な》でている。

「食堂に行ぐべ、奈々江」

「え？　えぇのがぁ」

「先生がなぁ、この分ならお盆明けには退院してもえぇって」

「え！　そうなの!!」

奈々江は震災の後、一番と言っていいほど嬉しかった。お爺ちゃんは、スリッパを履《は》いてスタスタと先導して食堂へ歩いて行く。給茶機からお茶を注《そそ》いでくれた。

「ああ、いいよ。奈々江がやるがら」

「なんの、お爺ちゃんのごど、いづまでも病人扱いするでねぇ。これでも元漁師だぁ。咳さえ出なげれば、なんでもねぇ。足腰は誰にも負けねえがら」

そう言うと、パジャマの袖《そで》をまくって力こぶを見せた。

「あっはっは……ゴホッゴホッ」

「お爺ちゃん！」

「ゴホッ……ゴホッ……大丈夫だぁ、ちょっとむせただけだ、発作ではねぇ」

一瞬、苦しそうだったが、すぐに笑顔に戻った。

「今度は、いづまでいられるんだぁ」

「お盆休みの間だげだがら、十五日には帰《け》えらんと」

「そうか、そうか、四日も一緒にいられるんけぇ、よがったよがった」

この病院には、付き添いの人のための「仮泊室」という部屋がある。事前に申し込んであるので、しばらくはお爺ちゃんと一緒にいられる。

お盆に茶碗を二つ乗せて、お爺ちゃんが窓際のテーブルに座った。

「あそご見でみろぉ。山の麓《ふもと》に作ってる大きな建物、町営のアパートだぁ〜。完成したら、避難所からようやぐ出られる」

「ほんとけぇ」

「ああ、ほんとだぁ。今度の正月は、そごで奈々江と一緒に過ごせるなぁ」

奈々江は、幸せだと思った。お父さんもお母さんも、妹もみんないなくなってしまったけれど、やさしいお爺ちゃんがいる。それだけではない。「浜ふく」の琴子お母さん、もも吉お母さん、美都子お姉さんをはじめとして、花街の人たちはみんな家族なのだ。震災の後、初めて、穏《おだ》やかな気持ちを味わえたひとときだった。

海の方に眼を向けた。

眩《まぶ》しい！

あの恐ろしい海が、今は宝石のようにキラキラと輝いて見えた。

瞬《また》く間に、四日が過ぎた。

午後一番の電車で帰らなければならない。仮泊室のベッドから起きると、顔を洗うよりも前にお爺ちゃんの部屋に行った。またしばらく会えない。そう思うと辛かった。

「!?」

何やら雰囲気が違う。大部屋の入り口で立ち止まった。いつもなら、朝六時には、個々のベッドを包むカーテンが開け放たれる。そして空気を入れ替えるため、窓が全開になっているはずなのに……。お爺ちゃんのところのカーテンだけがぐるりと引かれている。

カーテンの中から、お医者さんが出て来た。奈々江は、すがりつくように訊いた。

「どうしたんですか！」

「うん、ちょっと明け方に発作が出てね」

「大丈夫ですか？」

「それはすぐに治まったんだけどね、熱が高くて。これから検査します」

「え、熱？」

胸に聴診器《ちょうしんき》を当てると、嫌な音がするという。駆け寄って声をかける。

「お爺ちゃん、お爺ちゃん……」

「おお、奈々江。なんだが暑ぐでだるぐで仕方がねぇんだ」

「いつがら？」

「明け方になぁ。爺ちゃんは大丈夫だがら、奈々江は気を付けて帰《け》えれよ」

そこへ看護師さんがやってきて、ベッドごとお爺ちゃんを検査室に運んでいった。その後ろから、おろおろと付いていく。

すぐに、検査結果が出た。肺炎だという。レントゲンでは曇《くも》っている部分がかなり広いらしい。奈々江は、青ざめて立ち尽くした。

「気は許せませんが、処置が早かったからね。今から抗生剤《こうせいざい》を点滴《てんてき》します。できる限りのことをしますから、あまり心配し過ぎないように」

「先生、お願いします！　お爺ちゃん、お願いします!!」

「わかりました。あなたは、そばにいてあげてください」

「あ、……はい。でも、私、今日は帰えらなぐでは……」

「え!?　……そうでしたか。でもここは病院ですから、最善の治療をさせていただきますよ」

「は、はい……」

お爺ちゃんは、検査室から戻るとそのまま眠ってしまった。声をかけるわけにもいかない。ベッドの横に椅子を置いて、お爺ちゃんを見守った。

二時間、二時間半、三時間……。ずっと時計とお爺ちゃんの顔を交互に見続けている。二度ほど「ううん」と唸《うな》り声が聞こえたが、また静かな寝息《ねいき》に戻った。

（もうダメ……このまま帰れない）

奈々江は意を決して、面会室の公衆電話から琴子お母さんに電話をかけた。

「奈々江ちゃん、どないしたの？」

「お爺ちゃん元気でいはった？」

「へえ、……あの、あの」

「それが、今朝、発作が起きて……熱が、熱が」

「え!?　それはあかんやないの」

「あの……あの……もう一日、帰るの遅らせて……」

「なに言うてるんや、当たり前やないの。こういう時は、病人は心細《こころぼそ》うなるもんや。お爺ちゃんのそばにいてあげなはれ。ええか、二日でも三日でも熱が下がって、もう大丈夫やって落ち着くまで付き添ってあげなはれ」

「……おおきに、お母さん」

奈々江は、琴子お母さんのやさしさに触れ、涙があふれてきた。

「あんた、泣いてる暇あったら、お爺ちゃんとこ戻り。ええか、心配せんでもええから、お爺ちゃんおだいじになぁ」

お盆休みが明けたら、すぐにお座敷の仕事が始まる。もうお客様の予約はいっぱいだ。碌《ろく》に役に立たない仕込みの身とはいえ、掃除、片付け、炊事《すいじ》のお手伝いからお使いまで、奈々江の仕事は山ほどある。なのに、まさかお許しがでるとは思いもしなかった。

病室に戻ると、看護師さんが来ていた。

「あっ、お爺ちゃん」

「ああ、奈々江。早ぐ帰ーらんと汽車が……」

「ううん、琴子お母さんが、お爺ちゃんのそばにいてあげなさいって」

「電話したのが？　ほんとうにそう言われたのが？」

「うん、琴子お母さんやさしいんだがら」

「そうがぁ、それならえー」

看護師さんが笑顔で話しかけてきた。

「点滴が効いてきたみたい。解熱剤も入れだがら熱が下がってきたの。眠ったのもよがったみたいねぇ」

それを聞き、奈々江は急に緊張が解《と》けて、その場にへたり込んでしまった。

「お爺ちゃんのこと、よろしくお願いします」

「もう大丈夫だと思うわ」

「よがったねぇ、お爺ちゃん」

その後は、平熱とまではいかないが、だいぶん熱が下がっていった。顔色も少しずつよくなっている。お爺ちゃんの具合がよくないというのに、奈々江はなぜだか心が踊っていることに気付いていた。まだ、二、三日お爺ちゃんと一緒にいられると思うと、ウキウキしてしまうのだ。

翌日、お爺ちゃんは、まだ微熱《びねつ》があるものの食事ができるまでになった。一緒に、ベッドの横でご飯を食べる。なんて楽しいのだろう。屋形の毎日が嫌なわけではない。だが、一日中、緊張し通しなのだ。それこそ食事の時でさえも。その緊張の糸が解けたことで、真にリラックスできた。

八月十七日。

祇園に帰る日を延ばして二日が経った。

夕日が差し込む面会室で、再び琴子お母さんに電話をした。

「あの～奈々江です、お母さん」

「お爺ちゃん、どない？」

その口調《くちょう》は、この前よりもやさしく聞こえた。

「へえ、おかげさまで、熱がだいぶん下がってきました」

「それは良うおしたなぁ。そやったら明日は帰れるの？」

「あの……あの……まだ具合が……」

奈々江はハッとした。自分はいったい何を言っているのか。「はい、もちろん」と答えるつもりでいたのに、思いもしない言葉が口に出た。

「……まだ病状が落ち着かなくて……そいで」

「まだ危ないの？」

「あ、は、はい。お医者さんは付き添っていてあげてと」

「それはそうやろなぁ。肺炎は気ぃつけなあかん。なにより唯一の肉親や。ええからそばにいてあげなはれ。その代わり、毎日電話をよこすんやよ」

「へえ」

「おだいじになぁ」

それで電話は切れた。もう心臓がはち切れそうだった。

（嘘《うそ》をついてしまった……）

奈々江は自分の心の中に、なにやら灰色の染《し》みが広がっていくのを感じた。まだ十六歳だ。己《おのれ》の気持ちを抑《おさ》えたりなだめたりする術《すべ》を持ち合わせてはいない。奈々江は、嘘を正当化しようとした。

（先生は、この前、「あなたは、そばにいてあげてください」とおっしゃった。そうだ、そうするのが、お爺ちゃんのためなんだ）

部屋に戻ると、奈々江はお爺ちゃんに報告した。

「琴子お母さんに電話したよー。八月はお客様も少ねぇがら、お盆休み長くしてくれるって。その代わりお爺ちゃんのごど、よーく世話するようにって」

「そうけー、ええ人やなぁ」

お爺ちゃんは訊き返しもしなかった。本当は、訊き返してほしかった。「帰った方がええんやないが？」と。奈々江は、自分でついた嘘に心が沈んだ。でも、それを顔には出さないように、精いっぱいの笑顔を作った。

一つ嘘をつくと、人は次の嘘をつくことに慣れてしまうという。

奈々江は、琴子お母さんとの約束通り、毎晩電話をした。しかし、その都度《つど》、お爺ちゃんの容態《ようだい》について、大袈裟《おおげさ》に報告をした。

「まだ熱が下がり切らなくて……」

それは嘘ではない。微熱がずっと続いている。ところが、五日目、六日目には、

「昼間、急に咳《せ》き込んで……ナースコール押して大騒ぎになって」

と報告した。

「え⁉ たいへんや。大丈夫なん？」

「今は、薬で眠ってます」

「それはあかんなぁ。一度、お見舞いに行かなあかんと思うてるんやけど、お店離れるわけにもいかへんし……」

「お、お、お気持ちだけで、充分です。おおきにお母さん」

奈々江はドキッとして青ざめた。琴子お母さんが来たら、嘘がバレてしまう。

夜が来るのが怖くなった。

電話をする手が震えるようになった。

今夜も嘘をつくのだ。それも、スラスラとあらぬことを口にしてしまう。いったい自分はどうなってしまったのか。十日、十二日……と時が過ぎていった。

（もうダメ。帰らないと）

九月はもう目の前だ。

実際には、お爺ちゃんは院内を一人でも歩けるまでに回復してきた。「今日こそ帰らなくちゃ」と思いつつ、食堂でお爺ちゃんと一緒に自動販売機のミルクコーヒ

ーを飲んでいると、

「奈々江ちゃんじゃないの？」

と、離れたところから声をかけられて振り向く。

「あっ、……真由《まゆ》ちゃん」

「久しぶり」

「う、うん。久しぶり」

真由は中学三年の時のクラスメートだ。友達というわけではない。いや、友達にもしてもらえないような、雲の上の子だった。アイドルを目指《めざ》していて、ダンスや歌のレッスンに通っていた。お父さんは、地元でお医者さんをしている。もちろん、そんな世界を目指そうと思うだけに、可愛《かわい》くて男の子たちに人気だった。夢物語というわけではなく、地元テレビのバラエティ番組にも出演したことがある。高校は別のところへ行ったので、会うのは中学の卒業式以来だ。

「従妹《いとこ》が盲腸《もうちょう》で入院したの、それでお見舞いに来たところ。奈々江ちゃんは？」

「う、うん。お爺ちゃんが病気で入院してて」

「あっ、奈々江ちゃんのお爺さんですか。こんにちは」

お爺ちゃんは、「うん」と返事代わりに頷いた。

「奈々江ちゃん、舞妓さんになったんじゃないの？」

狭い町だ。噂はすぐに伝わる。真由の聞き方に、どこかトゲがある気がした。

「う、うん。舞妓さんになるために勉強中なの」

「勉強中？　なのに、なんでここにいるのよ」

「……お盆休みで」

「お盆休み？　もう明日から九月じゃないの」

「う、うん……」

奈々江は、後ろめたい気持ちがあり、パッと答えることができなかった。実は、嘘をつき続けたせいで、（舞妓を諦《あきら》めなければならないかも）という気持ちも芽生えていたのだ。お爺ちゃんと離れるのが辛くなってしまった。帰りたくない。ずっとそばにいたい。でも……でも……やさしい琴子お母さんを裏切れない。

奈々江は、それを「葛藤《かっとう》」と呼ぶことさえも知らなかった。

ただただ、心のもやもやに苦しんでいた。

そんな中、真由に鋭く指摘《してき》され、どぎまぎしたのだ。

「私ね、正直に言うけど、奈々江ちゃんが舞妓になるために京都へ行ったたって噂を聞いた時、悔《くや》しかったのよ。だって、私、アイドルになるのが夢だから。考えたら、舞妓って日本一のアイドルじゃない」

舞妓さんがアイドル？　……そんなふうに考える子がいることに驚いた。

「あんたみたいな子でも舞妓さんになれるの？　ホントは修業が辛くて逃げ出して来たんじゃないの？」

さっきまで「奈々江ちゃん」と呼んでいたのに、「あんた」に変わっていた。真由の自分に対する強いジェラシーを感じた。

奈々江は言葉を失った。

（「逃げ出す？」……そうだ。私は逃げ出したんだ）

そう思うと胸がきりきり痛みだした。

「あ、あ……あたし」

その時だった。そばに座っているお爺ちゃんが、口を開いた。

「真由ちゃんと言うのが？」

「はい」

「奈々江は、明日《あした》帰るんだ。もうすぐ舞妓になるんだぁ。そうだな」

奈々江は、お爺ちゃんの眼を見つめた。いつものようにニコニコ微笑んでいるが、瞳の奥から鋭い光のようなものが奈々江の心に突き刺さってきた。奈々江は答えた。

「そうなの。明日ね」

「ふ〜ん、そうなんだ」

奈々江は、自分に言い聞かせるように、もう一度言った。

「うん、明日ね」

真由は、

「じゃあ、頑張ってね。私も頑張るから」

と言い、手を振って食堂から出て行った。真由の後ろ姿を見送り、再びお爺ちゃんを見ると、いつものような温かな瞳に戻っていた。

(お爺ちゃん……私の嘘、知っていたんだ。そうに違いない。でも怒ったりしなかった。ごめんね、ごめんね、お爺ちゃん)

そして翌日、奈々江は祇園に戻った。


「そやけどなぁ、あの時はたいへんやった。もうあかんかと思うたわ」

と言う美都子に、もも吉庵に集《つど》う全員が、「ほんまや」と声を揃《そろ》えて頷いた。

「お盆に田舎に帰って、戻らんかった時には、ほんまに胃が痛《いと》うなりました」

琴子がもう一度、手をついてみんなに頭を下げる。もも吉が、

「もうええでっしゃろ、雨降って地固《じかた》まるや」

と言い、琴子に頭を上げさせた。

「それはそうと、お琴ちゃんは、奈々江ちゃんの『嘘』見抜いてはったんやろ」

「へえ、お爺ちゃんのこと心配して、普通やなくなってるには違いないやろけど……奈々江ちゃんの電話の声が、なんやおどおどしてるように感じたんどす」

「嘘ついてることが、あんたにバレるのを恐れてたんやな」

「それで、奈々江ちゃんを屋形に連れてきてくれはった遠縁のおばさんに電話してみたんどす。そしたら、もう大丈夫やって聞いてると」

もも吉が訊く。

「なんでその時、問い詰めなんだんや」

「嘘ついて戻って来んことがわかってしもうたら、もう祇園で踊ることは許されまへん。最後まで、嘘つかれてることを知らんぷりするしかないと思うたんどす」

「えらいなあ、あんた。そこまで奈々江ちゃんのこと……」

「へえ。ただ不憫《ふびん》やからではあらしまへん。あの娘《こ》は、踊りの才があるんどす。ただ、家族を失ったショックと、病気のお爺ちゃんの心配とで、お稽古《けいこ》に集中でけへんだけなんどす。このまま、ほかすには惜《お》しい逸材《いつざい》と思うてますんや」

「お琴ちゃんが、そこまで言うんやからよほどの娘なんやなぁ」

「井上先生にも、ぜ〜んぶ事情話して、精進《しょうじん》すること約束して許してもろうたんどす」

もも吉は、ふと首を捻《ひね》って訊いた。

「そやけど、よくまあ遅れたお稽古に追いつくことができましたなぁ。なんや特別のことでもさせたんでっしゃろか」

「ん、んん」

と喉に手を当てて、琴子が咳払いした。そして、チラリと美都子の方を向いた。

「あんたら、なんや隠し事してますの？」

「いいや、別に」

と美都子は、わざとらしく天井《てんじょう》を見回す。もも吉は感慨深げに呟《つぶや》く。

「まあ、ええわ。とにかくめでたいなぁ。すると、舞妓のお店出しは、来月六月か七月？ ……普通は一年のところ、余分に十月《とつき》もかかってしまいましたが、その分ええ舞妓さんになるでっしゃろ」

「おおきに、そうどすなぁ。なんとかお爺ちゃんに京都まで来てもろうて、奈々江ちゃんの晴れ姿見てもらいたいもんどす」

琴子は本当に嬉しそうに微笑んだ。


奈々江は、九月一日の夜、祇園に戻った。

まずは、琴子に付き添われ、いの一番に井上先生にお詫《わ》びに上がった。

よほど、厳しい言葉が浴びせられると思いきや、

「お爺ちゃん、たいへんやったてなぁ。また今日からお気張りやす」

と励ましてくださった。これには、奈々江は恐縮して何度も畳に頭を擦《す》り付けて謝った。後々にわかったことだが、事前に琴子お母さんがお詫びに行って、頼んでくれたおかげだった。

翌日から、再び昼間は祇園女子技芸学校に通い始めた。舞踊・長唄《ながうた》・三味線《しゃみせん》・常盤津《ときわづ》・華道と、授業は多岐《たき》にわたる。

奈々江は、うすうすわかっていた。嘘をついていたことを、琴子お母さんは知っていたのだと。ということは、井上先生の耳にも入っているはずだ。にもかかわらず、温かく迎えてくれた。そう思うと涙が流れて来た。

（もう逃げ出さない）

奈々江は、覚悟をした。しかし、一度失った信用を取り戻すのは容易ではない。気張って、気張ってやるしかない。琴子お母さんから、一つだけ言われた。

「この九月に、ほんまはお店出しさせよう思うてたんや。仕込みさん始めてちょうど一年が経つ。あんたも、期待してたんやないかと思う。そやけど、今回のことで、それは無《の》うなってしもうた。わかってはるな」

「へえ、全部うちの心が弱かったせいどす」

「そうや、あんたのせいや。でもな、諦めんでもええ。一生懸命やったら、ちゃんとお天道様《てんとうさま》は見ててくださる。あんたのお父さん、お母さんもきっと天国で応援してくれてはる。負けたらあかんえ」

「へえ、気張らしてもらいます。お母さん、一からよろしゅうお頼《たの》もうします」

「そうや、一からなんてよう言うた。感心や、気張って精進しい」

奈々江は、お爺ちゃんのことが心配ではあったが、「お爺ちゃんに舞妓さん姿を見せよう」と心に誓った。

技芸学校に再び通い始めた二日目の朝のこと。

「今日は、お姉さんの着物を染み抜《し》きに出しに行って、それから晩御飯の買い物のお使いと御不浄《ごふじょう》の掃除と……」と、帰ってから山ほどある仕事のことを考えながら急いで技芸学校のある祇園甲部歌舞練場《かぶれんじょう》の前まで来ると……。

いつかと同じように、門の脇に停まっているタクシーの窓が開いた。美都子お姉さんだ。

「奈々江ちゃん、こっち来なはれ」

と言われ、小走りに近づいていくと、小さな紙切れを渡された。

「授業が終わったら、ここへ来なはれ」

唐突《とうとつ》で、すぐに返事ができなかった。

「そやけど……早《は》よ帰ってお手伝いせんと」

「心配せんでもええ、琴子さんお母さんも承知してはる。ええか、まっすぐ来るんやで」

そう言うと。美都子お姉さんは車を走らせて行った。折り畳まれた紙切れを開くと、「正伝永源院《しょうでんえいげんいん》」と書かれてある。そして、そこまでの道順も。歌舞練場とは、ほんの目と鼻の先のようだ。

いったいどういうことなのか。何か叱られるのだろうか。だが、最初の頃は厳しい美都子お姉さんだったが、今では一番といっていいくらい、自分に目をかけてやさしくしてくれる。そう、実の姉以上の存在だ。いくら叱られても、それが「思いやり」であることが心底わかる。

奈々江は授業が終わると、不安を抱きつつ、その寺へと足を向けた。

正伝永源院を訪ねると、若いお坊さんに、

「伺《うかが》っております。お上がりください、どうぞこちらへ」

と案内された。廊下《ろうか》を付いていく。すぐに立派なお庭に出た。思わず「きれい」

と言葉が出てしまった。お坊さんは、

「春と秋に特別公開いたしますが、普段は非公開なので静かなお寺でございます。こちらです」

とさらに促《うなが》され、奥のお座敷に通された。襖《ふすま》を開けると……そこに美都子お姉さんが正座をしていた。

「そこにお座りやす」

「へえ」

学校帰りなので着物姿だ。奈々江は何事かと、裾《すそ》を整《ととの》えて正座した。きっと何か叱られるに違いない。でも、びくびくはしない。もう怖いとは思わなかった。

「あのな奈々江ちゃん、バレエのこないな言葉知ってはるか？」

「バレエ？」

「そうや、踊りのバレエや……。『一日休むと自分にわかる。二日休むと先生にわかる。三日休むとお客様にわかる』……いう教えや」

奈々江はドキッとした。言わんとしていることが、わかったからだ。

「うち、三日どころか半月も踊りから離れてしまいました」

「そうやなぁ、昨日と今日、踊りのお稽古どうやった？」

「へえ……ついていけまへんどした」

「そうやろなあ。これから毎日、学校の帰り、うちが踊りのお稽古つけたげる。学校で教わったことのおさらいをするんや」

「でも……屋形の仕事が」

「なに言うてるんや。琴子お母さんも承知してはることや」

「え⁉」

奈々江は胸が熱くなった。

「ええか、一日休んでもその遅れは自分でわかるもんや。ましてや、何日も休んだんを取り戻すんは並たいていやないでぇ」

「へえ！」

奈々江は、明るく力強い声で答えた。

「奈々江ちゃん、そないに力んで『へえ』言うたらおかしいがな……ハハハ」

美都子お姉さんが、口に手をあてて大笑いした。奈々江も笑った。

その日から、猛特訓が始まった。美都子の厳しくも的《まと》を射た指導に、奈々江の踊りはめきめきと上手《うま》くなっていった。

そして、三月《みつき》が経った。

十二月も半ばを過ぎて、寒気が花街をすっぽりと包んだある日のこと。正伝永源院のお座敷では、二人だけの特訓が続いていた。

「奈々江ちゃん、ほんまようでけるようになったなぁ」

「へえ、おおきに」

美都子さんお姉さんに褒められるのは一番嬉しい。

「そやけどなぁ、このままでは、ただ上手いうだけや」

「……？」

「自慢やないけど、うちが芸妓やった頃は、祇園一の踊り手言われたものや。お母さんも若い時分、祇園一言われたそうやから、母娘二代続いてや。今のあんたと、その違いはどこにあるかわかるか？」

「そ、そ、そんなんとても比べるなんて」

「そないなことない、奈々江ちゃんは筋がええ思てる。そやけど、あと一つだけ、足らへんものがあるんや」

「え？　……足らへんもの？」

「それはなぁ、唄《うた》の歌詞《かし》をよく理解して踊ってないことや。たとえば、『祇園小唄《こうた》』や。これ何の唄かわかってるか？」

「祇園小唄」とは、祇園甲部で作られた歌舞踊曲《うたぶよう》である。祇園をこよなく愛した作家・長田《ながた》幹彦《みきひこ》が、お茶屋「吉うた」の二階で作詞した。それが昭和五年の映画の主題歌として大ヒットしたのだ。今でも舞妓さんが、毎日、五花街のどこかのお座敷で踊っていると言われるほどポピュラーなものだ。奈々江も、この唄を一番最初に習った。

「一番の歌詞、覚えてるやろ」

「へえ」

「言うてみ」

奈々江は思い出し思い出し、鼻歌のようにして歌詞を口ずさんだ。

〽……月はおぼろに東山《ひがしやま》～　霞《かす》む夜毎《よごと》のかがり火に～　夢もいざよう紅《べに》ざくら～　しのぶ思いを振袖《ふりそで》に……

「そこや」

「え？」

「月はおぼろに、いうところで月を見上げるようにするやろ。かがり火もおんなじや。両手で燃え盛る火を作る。その後や」

「……？」

「奈々江ちゃんは恋したことあるか？」

急にそんなことを言い出されて返事に困った。中学の時、ちょっと「いいなぁ」と思う男の子はいた。でも、バレンタインにチョコレートも渡せなかった。今まで一度も男の子と付き合ったことがない。

「あらへんみたいやな、それはそれでええ。この唄は『しのぶ思い』いうようにな、実らぬ恋を唄ったものや。それでも好きで好きで仕方がない。わかるか」

燃えるような恋をしたことはない。でも、奈々江は、届かぬせつない気持ちはおぼろげながらわかる気がした。

「へえ、なんとなく」

「それでええ。この唄はなあ、東山とか鴨の河原、大文字《だいもんじ》やら京都の名所《めいしょ》が春夏《しゅんか》秋冬《しゅうとう》で描かれてるさかいに、それを形で表そう思うて踊ってしまうんや。それはそれで間違いやない。そやけど、もっと大切なもん。かなわぬ思い、せつなさを、どう踊りで見る者《もん》に伝えられるかが大切なんや」

「へえ、精進します」

「それしかないな」

「お姉さんは、やっぱり、せつない思いをぎょうさんされたから踊りが上手《じょうず》にならはったんですか？」

「え!?」

奈々江は、美都子の顔が一瞬こわばったのを見て、「しまった」と思った。このところ、毎日顔を合わせるのでつい心に思ったことを口にしてしまったのだ。

だが、美都子は、すぐにいつもの凜《りん》とした表情に戻り答えた。

「奈々江ちゃんええとこ突いてくるなぁ。内緒の話や。もちろん、うちもせつない恋もしたでぇ。そやけど、せつないいうんは、男はんとの恋に限ったことやない。会いたい人に会えないのも、せつないもんや……」

そう言うと、ふっと美都子の瞳が陰《かげ》った。奈々江が、お爺ちゃんを思う気持ちのことを言ってくれているのだろうか。それとも……。奈々江は、これ以上訊いてはいけない気がして、畳に手をついて言った。

「もういっぺんお願いします」

「ええ心構えや。やってみぃ」

その日のお稽古が終わった。もうへとへとだ。でも、屋形に帰ると仕事が山ほど待ち受けている。そんな心の中を見抜いてか、美都子がやさしく話しかけてくれた。

「もうすぐお正月や。またお爺ちゃんに会えるさかいに、気張っていこうな」

「……」

「どうしたんや」

返事をせず、ふっとうつむいた奈々江に美都子が尋《たず》ねた。

「なんや、またお爺ちゃんの具合が悪いんか」

「いいえ、新しい町営アパートに移って元気に過ごしてるて聞いてます」

「そうか、よかったなあ」

「へえ……うち、今度のお正月は帰らんつもりどす」

「え!?　なんやて」

「この夏、嘘ついてみなさんにご迷惑をおかけしました。お稽古も遅れを取り返さなあかんから」

奈々江は覚悟を決めていた。お爺ちゃんの病気のことは、自分にはどうすることもできない。お医者さんに任せるしかない。自分にできること。それは、早く舞妓になって、その姿を見てもらうことだ。

「そうか！　よう言うたなぁ。そやったら、年末年始もうちがお稽古つけたげる」

「え！　ほんまですか？」

「ほんまや。でも、元日《がんじつ》くらいは、もも吉庵で麩もちぜんざい食べよな。うちの方が休憩させてほしいわ」

「へえ、うちもぜんざい食べたい」

二人して、顔を見合わせて笑った。

奈々江は思った。祇園は家族だ。みんないい人だ。期待に応えなくてはと。

元旦。

先輩の舞妓、芸妓が帰省して物音一つしない「浜ふく」で、奈々江は琴子お母さんと差し向かいでお雑煮《ぞうに》を食べた。大晦日《おおみそか》の朝までお母さんに言われた。「ほんまに帰らんでもええんか」と。だが、奈々江の心は揺らがなかった。

一月行って、二月逃げ、三月去ると言う。

瞬《また》く間に梅が綻《ほころ》び、桜の季節になった。

なかなか、お店出しのお許しはでない。でも、奈々江はへこたれなかった。

「お母さん、ゴールデンウイークも屋形に残ってよろしおすか？」

「気張り過ぎやないか、奈々江ちゃん」

「うち決めたんどす。次にお爺ちゃんに会うんは、お店出しして晴れ姿を見せる時やて。お爺ちゃん、この前電話した時、元気そうやったから。十分《じっぷん》くらい話していて、一度も咳き込んだりせなんだし、これから暖こうなるし、大丈夫やと思います。今、顔を見せに行くことより、ここで気張って踊りが上手《うま》うなることの方がお爺ちゃん喜んでくれると思います」

「えらいなぁ、あんた。好きにしてええで」

「へえ」

「そないやったら、お休みの間に、二人で美味しいもん食べに行こか。甘いもんもええなぁ。五月やから冷たいもんも美味しゅうなる。『琥珀流《こはくなが》し』はどうや」

「なんどすか？　それは」

「大極殿本舗六角店《だいごくでんほんぽろっかくてん》　栖園《せいえん》さんの月替わりの寒天のデザートや。たしか五月は抹茶《まっちゃ》蜜《みつ》と小豆やったと思う。あ〜考えるだけでほっぺたが落ちそうになるわ」

「うちも食べてみとおすなぁ」

奈々江はこのところ、自分でも笑顔でいる時間が増えたことに気付いていた。琴子お母さんが、電話でお爺ちゃんに「そろそろやと思います」と話しているのを、柱の陰でこっそり聞いてしまったのだ。お店出しを許されるのも近いのではないか。もたもたしている間に、後から仕込みさんになった女の子たちが、この春に舞妓になった。祇園では序列が厳しい。一日でも早くデビューした者が先輩になる。年下の子を、奈々江は「〇〇さんお姉さん」と呼ばなくてはならなくなった。

それでも、奈々江は、（焦《あせ》らない、焦らない）と胸の内で言い聞かせ、一日一日を丁寧に紡《つむ》ぐのだった。

五月十五日、早朝。

祇園はまだ、静寂《せいじゃく》の中にあった。

今日は、葵祭の行列の日だ。御所は、総勢五百余名、馬三十六頭、牛四頭、牛車《ぎっしゃ》二基、腰輿《ようよ》一台の出発の準備でたいへんなことだろう。

タンッタンッタンッ……。

草履《ぞうり》の音が、もも吉庵の玄関の石畳に慌《あわ》ただしく響いた。

「浜ふく」の女将・琴子は、ガラリと格子戸を開けると、玄関の上がり框《かまち》を上がって襖を開き、飛び込むように入ってきた。日頃、何よりも礼節《れいせつ》を重んじるにもかかわらず、履物がちぐはぐに脱ぎ捨てられている。奥の間に向かって叫んだ。

「えらいことになってしもうた」

「どないしたんや、お琴ちゃん」

もも吉が顔を出して言う。

「お、お……お水一杯もらえんやろうか」

琴子は、カウンターに手をつき、息を整えようと深呼吸した。

「さあさあ、お水飲みなはれ」

琴子がコップの水を口に含んだところへ、美都子も奥から出て来た。すぐそばの丸椅子で、朝ごはんを食べていたおジャコちゃんが、何事かと琴子の顔を見上げた。

「ミャ〜ウ」

もも吉が、今一度訊く。

「そ、それが……奈々江ちゃんが、朝起きたらおらへんのや」

「どないしたんや」

「なんやて」

「帳場《ちょうば》の机の上に、書き置きが一つあって」

「書き置きやて？　……なんて？」

「お母さんごめんなさい。お爺ちゃんに会いに行ってきます。すぐに戻ります」

青ざめた顔の琴子に、もも吉が言う。

「なんでそないなことになったんや。踊りも上手くなったし、お爺ちゃんの具合も調子ええて聞いてたし……来月には、今度こそお店出しさせる言うて、ひそかに準備してたんやないか」

美都子も続けて、

「昨日もお稽古熱心やったのに……穏やかでニコニコしてたで」

と言うと、もも吉が、

「なんやお稽古て？」

と美都子に問う。

「え？　……今はそんなことどうでもええ」

「そうやな」

「うちがあかんかったんや。たぶん電話を聞かれてしもうたんやと思う……」

と琴子が項垂《うなだ》れた。

「なんの電話や？　なんかあったんか？」

「へえ……実は……」

琴子は、立ち眩《くら》みがして、ペタンとへたり込むように椅子に腰を落とした。


奈々江は故郷・東北の港町にいた。

六人部屋の病室の窓側のベッド。お爺ちゃんの傍《かたわ》らで遠くの海を見ていた。あんなに恐ろしい顔をしていた海が、今は初夏の日差しにキラキラと輝いて見えた。

「あっ！　お爺ちゃん、目ぇ覚めだのがぁ？」

「ええのがぁ、帰《け》ーんなぐでも……浜ふぐの女将さんとの約束だべ。舞妓にぃなるまでは京都がら一歩も出ねーって……ゴホンッ」

「ううん、お母《があ》さんには特別に許すてもらって来たがら。お爺ちゃんの見舞いさ行ぐって」

「それは何回も聞いだ。んだけど、もう半月だょー。ゴホッ……爺ちゃんのごどは心配しなくてええがら、早ぐ帰えれー」

「お爺ちゃん、熱《ねつ》がさっぱり下がんねーがら……。息《いぎ》も苦すそうだぁ」

奈々江は嘘をついていた。女将さんに「すぐに戻ります」と書き置きをして、黙って出て来てしまったのだった。

ゴールデンウイークも終わった翌週のこと。

芸妓・舞妓のお姉さんたちがお座敷に出掛けて、しばらくしてのことだった。

琴子お母さんが電話をしているのを柱の陰で耳にしてしまった。

「え！　救急車で……それで具合はいかがどす？」

電話の相手は奈々江の遠縁のおばさんらしかった。祇園の屋形まで付き添って来てくれた人だ。奈々江はさらに聞き耳を立てた。お爺ちゃんが喘息の発作を起こし、救急車で病院に搬送《はんそう》されたらしい。

「命に別状はないんどすね……はい、わかりました。奈々江ちゃんには内緒にしときます。今は大事な時やから」

喘息の発作による入院は初めてのことではない。だが、救急車は初めてだ。

いや、それよりも何よりも、琴子お母さんの「内緒」という言葉が胸のどこかしらにチクリと突き刺さった。自分のために、厳しくしてくれているのだと理解はしている。「舞妓になるまで、田舎には帰らない」と言ったのは自分だ。でも、お爺ちゃんのこととなると話は別だ。そんな一大事、ちゃんと話してくれてもいいのではないか。「内緒」という言葉が、愛情ではなく「イケズ」に聞こえてしまった。

（なんも内緒にしなくても。もしお爺ちゃんにもしものことがあったら、私は一人ぼっちになるよー）

もういても立ってもいられない。翌朝、まだ東の空が白む前、故郷を出る時「もしものときのため」と、お爺ちゃんに持たされた財布を握り締めて駅へと走った。

「さっき、爺ちゃんがうとうとしてた時、踊ってたんじゃねぇのがぁ。なんだか奈々江が別の人みでぇに見えだ。何の踊りだぁ」

「え?」

奈々江はハッとした。自分でも気が付かなかった。この二週間、お爺ちゃんの隣に寄り添うだけ。心配と幸せ、そして罪の意識がごちゃまぜで、気持ちが落ち着かない。そんな中、遠くの海を見つめながら、どうやら「舞」をしていたらしい。

「……祇園小唄っていうんだよ」

「そうか、祇園小唄っでいうのがぁ。奈々江が舞妓さんさなって踊るの早ぐ見でぇもんだなー」

「うん。絶対見で〜」

「奈々江はもう帰えれー。そして、いっぱい稽古しろ。爺ちゃんのことはいいがら」

「……んだね」

奈々江はそう答えたものの、心の中で別の呟きをしていた。

（もう帰れない）

黙って屋形を出て来てしまった。去年の夏は、嘘をついたとはいえ、お土産《みやげ》まで持たせてもらって、ちゃんと許しを得て帰省したのだ。しかし、今回は……。

「奈々江はよっぽど踊りが好きなんだなあ」

お爺ちゃんが相好《そうごう》を崩して言う。

「うん好ぎだよ！」

そう答えて胸が抉《えぐ》られるように苦しくなった。ギュッとお爺ちゃんの手を握った。ニッコリ笑ってくれた。だが次の瞬間、急に咳き込み、苦しみ始めた。

「お爺ちゃん！」

「……」

「大丈夫がぁ！　お爺ちゃん!!　お爺ちゃん～」

奈々江はおろおろして、ナースコールを押した。

その数日後の夕方。

もも吉庵に、またも琴子が駆け込んできた。今にも草履が脱げそうな勢いだ。

「たいへんや、たいへんや」

「どうしたん」

「奈々江ちゃんのお爺ちゃん、亡くなりはった」

「え！」

もも吉と美都子は、カウンター越しに眼を合わせて呆然《ぼうぜん》となった。時おり連絡を取り合っている遠縁のおばさんから電話があった。急性肺炎が悪化して呼吸困難に陥り、措置《そち》を待たぬうちに、心不全を起こし急に逝《い》ってしまったという。

「奈々江ちゃんは、どないしてるって？」

「泣きどおしで、電話にも出られへんらしい」

「……そうやろなぁ」

「今からでは、お通夜《つや》どころか告別式《こくべつしき》にも間に合わへんけど、とにかく行こうと思うんや」

「心配やねぇ。連れて帰るん？」

「わからへん。ほんまは戻すわけにはいかへんわなぁ、黙って祇園を出て行ってしもうたんやから。そやけど事情が事情や。そのおかげで死に目に会えたわけやし」

「うちが厳しゅうしたのが罪のようで仕方ないんや。どないしたらええんやろ。うち辛《つろ》うてしかたない」

もも吉は、唇をグッと一文字にして、琴子の瞳をのぞき見た。

「お琴ちゃん、一つだけ言うとく。情《なさ》けかけるんも厳しゅうするんもええ。それは、あんたしだいや。そやけどなぁ、『決める』んは本人や。あんたやない。人の相談には乗ってあげられる。そやけどなぁ、決めるんは本人や。酷《こく》かもしれへんけど、もうあの娘《こ》は祇園のおなごやから決められるはずや」

「そやねぇ、あの娘しだいやね」

「あんた、本心は戻って来てほしいんやろ」

「もちろんどす」

「あとは、お琴ちゃん、あんたがどう気持ちを上手く伝えられるかやなぁ」

「奈々江ちゃん、どう考えてるんやろ。……そやけど心は見えへんさかいに」

もも吉は、琴子の両手を、自分の両手で包んだ。

「そやけどなぁ、お琴ちゃん。心は見えへんでも、心の居処《いどころ》はわかるんと違う？」

「え？　心の居処やて？」

「塞翁《さいおう》が馬《うま》やな」

二人は、しばらく見つめあった。

琴子が港町の公民館に着くと、もう陽が陰《かげ》っており、初七日《しょなのか》の法要《ほうよう》が始まっていた。琴子は玄関先でお経が終わるのを待ち、広間をのぞく。近隣の人たちが精進落としの料理を前におしゃべりを始めた。

琴子は奈々江の姿を遠くに認めた。和尚《おしょう》さんの隣に小さくポツンと座っている。目は真っ赤に腫《は》れて精気《せいき》がない。何人かが声をかける。だが、ピクリともせず動かない。琴子が歩み寄ろうとした瞬間、チラッと顔を上げた奈々江と眼が合った。奈々江はパッと立ち上がったかと思うと、畳の上をスーッと琴子の元へやってきた。

「奈々江ちゃん、たいへんやったなあ。なんて言うたらええか……」

そこまで言った時、奈々江は畳に額をこすりつけるようにし、

「お母さん、すんまへん、すんまへん。かんにんしておくれやす」

と泣き腫らした瞳からさらに涙があふれた。広間の全員の眼が集まった。

「明日から住む所もありまへん。親戚のみなさんがどうしたらええか相談してくれてるところどす……かんにん、かんにんどす」

どうやら、祇園へはもう戻ることは許されないと覚悟しているようだ。琴子が引《いん》

導《どう》を渡しに来たのだと思っているに違いない。

琴子は黙って用意した風呂敷包みを、奈々江の前に差し出した。

大と小と二つの包み。

琴子は何も言わず、大きな方の風呂敷を解き始めた。

「あんたの身の周りのもんや。洋服の他、使《つこ》てた歯ブラシも入ってるよってに」

奈々江は瞬《まばた》き一つできず頷いた。

疲れ切った顔が、さらにみるみると青ざめた。

「ええか、もう一つはこれや」

そう言い、小さい方の風呂敷を解く。

「え!?」

そこには、黒紋付《くろもんつき》の衣装が……。

「近くお店出しさせるつもりで、誂《あつら》えたもんや」

舞妓になる「お店出し」のご挨拶回りの三日間に限り、着ることが許されるのが「黒紋付」だ。

「ええか、どっちの風呂敷にするんや、奈々江」

琴子は、奈々江の眼をじっと見つめた。

そして一つ溜息をついたかと思うと、裾の乱れを整えて座り直す。帯から扇を抜いたかと思うと、小膝をポンッと打った。それは、もも吉庵に相談に訪れる者に対して、もも吉がいつも取る仕草《しぐさ》と同じだった。琴子は、もも吉を真似《まね》るようにして、まるで歌舞伎《かぶき》役者が見得《みえ》を切るように凛として言った。

「決めるんはあんたや」

「……」

「うちはあんたを引っ張って連れて帰るつもりはない。そやけど、突き放すつもりもない。ええか、どちらの風呂敷を選ぶかはあんた次第や」

　奈々江は、眼を腫らしながら、一つ唾《つば》を飲み込んだ。

「……うち、うち」

「一つだけ言うとく。うちはあんたの心の居処は祇園にあると思うてますえ」

「え？」

　キョトンとする奈々江に話を続ける。

「もう半月も祇園を離れてるのに、京言葉使うとる。とっさにはできんことや」

「……」

「それからもう一つ。今、ここまでやって来るのに、一度も畳の縁《へり》を踏まなんだ。無意識に身体がお座敷の作法を覚えてるんや。自然に口に出ること、身体が動いてしまうこと、それが証《あかし》や。さあどないする？」

涸れ切っていたはずの奈々江の瞳に涙があふれそうに……、それをグッと堪《こら》え、畳に両の手を置き、指先を揃えて答えた。

「よろしゅうお頼もうします」

「よう決めた」

琴子は、バッグからハンカチを取り出して、奈々江の頬に伝う涙を拭《ぬぐ》ってやった。

「もう泣かんでもええ」

「へえ」

「そやけど、黒紋付はまだ着せるわけにはいきまへん。舞妓はんになるまでお預けや。そやけど、これ差してあげるさかいお爺ちゃんに見せてあげなはれ」

そう言うと、琴子は艶《あで》やかな花簪《はなかんざし》を奈々江のお団子髪《だんごがみ》へとそっと挿してやった。藤の飾りがゆらりゆらりと華《はな》やかに揺れた。

そして、琴子は、後ろに置いておいたもう一つの風呂敷包みを解いた。一部始終を黙して観ていた弔問客《ちようもんきやく》が、琴子の手元に視線を向ける。中から出て来たのは、三味線だった。旅に持ち歩く際に嵩張《かさば》らないようにと、分解できる仕様《しよう》のものだ。サッサッと手際《てぎわ》よく組み立て、調弦して二つ、三つ奏《かな》でた。

「ええか、奈々江ちゃん。お爺ちゃんに見せてあげえ、うちが弾《ひ》いて唄ってあげるさかいに」

「へえ」

それまで、背中を丸めていた奈々江がスーッと立ち上がる。

「いくえ」

テン、テン、テン、トン、ツツツツットントゥン……♪

〽月はおぼろに東山
霞む夜毎のかがり火に
夢もいざよう紅ざくら
しのぶ思いを振袖に
祇園恋しや　だらりの帯よ

立派な舞だった。琴子でさえも舌を巻くほどの。美都子の特訓の成果がこれほどまでになっていたとは、想像以上だった。

その場の誰もが、奈々江の背後に京都・東山の夜桜の風景を見た。

ふわり、ぼんやりと。

それはまるで映画のワンシーンのようだった。だが、それよりも不思議なこと。

奈々江の踊りを見ていると、せつなくて、せつなくて、胸が焦がされるような気になってしまうのだ。それは、間違いなく、奈々江がもう二度と会うことのできない、お爺ちゃんを偲《しの》ぶ気持ちの表れだった。踊りに見入っていた人たちも、みな涙している。

テンテン、シャン、テンテンシャン……♪

〽夏は河原の夕涼み
白い襟あしぼんぼりに
かくす涙の口紅も
燃えて身を焼く大文字
祇園恋しや　だらりの帯よ

奈々江が二番を踊り終えた時、みなが、お爺ちゃんの遺影へと視線を向けて息を呑んだ。

刹那《せつな》、お爺ちゃんが微笑んだように見えた。
奈々江は頬に伝う涙も気にせず、ただただ無心に舞った。

第五話　都大路《みやこおおじ》　涙ににじむ山と鉾《ほこ》

「お⁉ おジャコちゃん、今朝《けさ》は何か大きなニュースあるんか？」

もも吉《きち》が、そう話しかけると、おジャコちゃんはまるで新聞を読んでいるかのような仕草《しぐさ》をして、

「ミャ〜ウ」

とひと鳴きし、もも吉に顔を向けた。毎朝、美都子《みつこ》が玄関周りを箒《ほうき》で掃《は》き、打ち水をする。朝刊を取って戻ると、食卓の上に置く。すると、なぜかいつもおジャコちゃんはパッと食卓へ飛び乗り、新聞の上に座り込むのだ。

アメリカンショートヘアーのメス猫。よほどのお大尽《だいじん》の家で飼われていたのか、グルメで値段の高い美味《お》しいものしか口にしない。それゆえか、新聞が読めたとしても不思議ではなさそうな賢い顔つきをしている。ある時、もも吉庵《あん》に迷い込んで来たのを、もも吉が「預かる」気持ちで飼い始めたのだった。

美都子が、新聞をのぞき込み、おジャコちゃんの代わりに答える。

「一面は、くじ取り式や」

「ああ、もうそないな時期か。なんや忙《せわ》しのうしているうちに、今年も半分以上過ぎて祇園祭《ぎおんまつり》が始まってしもうたなぁ」

祇園祭のメインは、山鉾巡行《やまほこじゅんこう》だ。前祭《さきまつり》、後祭《あとまつり》に分かれて山鉾三十三基《き》が町なか

を巡行する。その山鉾の順番を決めるのが、「くじ取り式」である。その昔、先陣《せんじん》を競って争いが絶えなかったため、室町《むろまち》時代から「くじ」で順番が決められることになったと言われている。

「新聞いうたら、小鈴《こすず》ちゃんの具合どうやろ。美都子聞いてへんか?」

「聞いてへん。うちも心配してたところや」

小鈴とは、知り合いの新聞記者の娘さんのことだ。重い病気で入院している。

「さりげのう聞いてみるわ」

今日も暑くなりそうだ。

ついさっき、美都子が打ち水したばかりの路地《ろじ》も、ほとんど乾ききっていた。

大沼勇《おおぬまいさむ》は、寺町京極《てらまちきょうごく》商店街の人込みを避けながら、ジグザクに駆《か》け抜けた。ただでさえ温暖化による異常気象で、日本列島は亜熱帯になりつつある。そんな中でも、京都の酷暑《こくしょ》は特別だ。仕事の僅《わず》かな合間を縫《ぬ》い、一人娘の小鈴に会うため、入院先の総合病院に向かった。

汗だくで病院のエレベーターにたどり着くと、フラフラの足取りで小児科のある五階のボタンを押した。手にしている手拭《てぬぐ》いは、昨年、長刀鉾《なぎなたほこ》の町会所《ちょうかいしょ》で授与《じゅよ》されたもので、紺と朱に染められた鉾のデザインが鮮《あざ》やかだ。神社のお守りと同様に、厄除《やくよ》け、疫病《えきびょう》除けのご利益《りやく》があるので肌身離さず使っている。

大沼勇は三十三歳。

京都タイムス社会部記者。

事件事故を扱う「サツまわり」をしている。

男やもめにうじが湧《わ》くと言う。勇も例外ではない。洗濯は週に一度、するかしないか。リビングはまるでゴミ屋敷。食事はすべて外食。ラーメンチャーハンのような炭水化物ばかり食べているので、下腹が出てきた。

エレベーターの扉が開くと、目の前がナースステーションだ。中にいる看護師の女性が、勇をチラリと見たと思ったらクスリと笑った。首をひねって、勇もペコリと頭を下げた。

すると、他の幾人かの看護師もこちらを向いて、笑い始めた。何かついているのか。慌《あわ》てて両手で頬や頭を撫《な》でる。ズボンのチャックが開いているのかも……。

そこへ、お世話になっている、小鈴の担当医・遠藤瑶子《えんどうようこ》先生が現れた。

「いやだぁ、大沼さん、アハハハッ」

女性に対して失礼だがパンダみたいな風貌《ふうぼう》で、子どもたちに人気の先生である。

「……？」

「見させてもろうたで！　奥さんに大原野《おおはらの》神社でプロポーズしたそうやなぁ」

と、ポンッと肩を叩《たた》かれてしまった。

「な、なんで、そんなこと知ってはるんですか？」

「そこの掲示板、見て見なはれ、アッハハハ」

そう言い、入れ違いにエレベーターに乗って行ってしまった。

「なんやなんや……」と首を傾《かし》げて見に行くと……。

「携帯・スマホは、決められた場所で」とか、「今週の献立」「避難訓練のお知らせ」など、いつもの張り紙に交じって「小児科タイムス」なる、手作りの壁新聞が目に入った。縦にB4サイズ一枚。すべて手書き。ピンクやブルーなど何色ものカラーマーカーで縁取りされ、いかにも子どもが作ったものだとわかった。

「なんやて？　編集長……大沼小鈴やて？」

トップニュースは、花束を持った女の子とその両親の写真の上に、「つばさちゃん退院おめでとう」という文字。そして、「遠藤先生の手作りお弁当をスクープ」と、お弁当の写真が貼り付けてある。

「小鈴、なにやってるんや。先生に失礼やないか」

と独りごちたところで、「名前の理由」というコラムに目が留まった。

「自分の名前が誰にどういう理由でつけられたのかを調べてもらい、それを編集長が毎回レポートするコーナーです。第一回は、編集長自身が報告します」

勇が読み進めると……。

「わたしの両親は、大学の同級生です。はじめてのデートは清水寺《きよみずでら》で、お父さんがお母さんに『桜鈴《おうりん》』のお守りを買ってプレゼントしたそうです。そして大原野神社でお父さんがプロポーズをして結婚しました。その時、鹿の形をした土鈴《どれい》のお守りを買いました。紅白二匹の鹿がセットになっていて縁結びのご利益《りやく》があるそうです。それでお父さんとお母さんは、わたしを小鈴と名付けたそうです」

恥ずかしくて顔が真っ赤になった。そういえばこの前、「うちの名前、誰がどないしてつけたの？」と聞かれ、話したことがあった。もし妻の実加《みか》が生きていたら、どう答えるだろうかと考えた。きっと「もう小学五年やし、いいんやないの」と言うと思い、プロポーズのことも全部話したのだ。

小走りに、小鈴のいる病室に入った。

「小鈴！」

と怒ろうとして、どうにか留《とど》まった。小鈴が、絵本を読んであげていたからだ。ベッドに横たわっているのは、たしか優奈《ゆうな》ちゃん。小学二年生だったたか。鼻からいつも酸素を吸入していて、かなり重い病気だと聞いていた。小鈴は、その優奈ちゃんのベッドに上がって、隣にぴったりとくっつく。ベッドの周りには、何人もの子どもたちが椅子《いす》を持ってきて座り、小鈴の方を真剣な眼差《まなざ》しで見ている。

「そして、そして、お姫様は、王子様と幸せにくらしたそうです」

パチパチパチッ！

みんなが拍手《はくしゅ》する。

勇は出端《でばな》を挫《くじ》かれた感じで、怒りもしぼんでしまった。だが、小鈴を、「こっちへ来なさい」と呼び寄せる。

「な、なんや、あれは」

と廊下の方を振り向き、指さす。

「ああ、見てくれたのね、パパ！」

「なんであんなこと書いたんだ！　ダメやないか」

ささやくように、困り顔をして言うが小鈴は平然と答える。

「なんでやの？」

周りに幼い子たちがいるので、勇は小声でささやいた。

「なんでやのって……あれは内緒の話や。恥ずかしいやないか」

「そやけど、パパはママのこと愛して結婚したんやろ？　そやから、うちに小鈴って名前つけてくれたんやって言うたやないの」

「ああ、もういい、もういい」

勇は、もうこの話はおしまいにしたかった。クスクスという笑い声に振り向くと、数人の看護師が病室の入り口から、のぞき込むようにしてこちらを見ていた。

「エヘン!」

と咳払《せきばら》いをすると、蜘蛛《くも》の子を散らすようにナースステーションへと戻っていった。

勇はさらに顔が赤くなった。


勇の娘、小鈴は先天性《せんてんせい》の心臓の病気がある。幼稚園の時、一度手術をしているが、近くもう一度大きな手術をしなければならない。

母親は小鈴を産んで、しばらくして亡くなってしまった。もともと腎臓《じんぞう》に持病があり、それが原因だった。子どもを産むかどうか医者も交えて相談しての出産だったが、後悔《こうかい》は尽きない。しかし、妻の死とひきかえに小鈴を授《さず》かった。

今も心の整理がつかないでいる。自分はともかく、小鈴が不憫《ふびん》で仕方がない。勇は、母親の分も愛情を注《そそ》ごうと努めてきた……つもりだが、いかんせん仕事が忙しく、かなわないのだった。

一方、小鈴は、小学校に入学してからというもの半分も通えていない。以前は、時おり、クラスメイトがお見舞いに来てくれていた。五年生になってからは一度も登校できないでいた。そのせいか、最近は誰もお見舞いに来ない。

しかし、小児科病棟には仲良しが大勢いる。どの子も、入院生活が長い。小鈴は明るくて病棟のリーダーのような存在だ。そう、まるで生前の実加のよう。そこにいるだけで、周りをパッと明るくする。それが、勇にとってせめてもの救いだった。

そんなことを、つらつらと考えていたら、小鈴に訊《き》かれた。

「今年も、『祇園祭のサンタさん』来はるかなぁ」

それを聞いて、周りの子が急にはしゃぎだした。

「今年は、なんのお菓子やろ。うちチョコがええなぁ」

そう言うのは、小児がんの子だ。薬の副作用で髪の毛が抜けてしまい、真夏でもニット帽を被《かぶ》っているのが痛々しい。別の一年生くらいの男の子が、

「ぼくは、車のガチャガチャがええ。消防のはしご車！」

と言う。小鈴は、

「もらえるとええなぁ、よう願《ねご》うとき」

と、まるで本当の姉のように頭を撫でた。すると、幼稚園の年長さんくらいの女の子が、小鈴に訊いた。

「なんやの？　ぎおんまつりのサンタさんて」

「そうか、舞《まい》ちゃんは入院したばっかりやから、知らへんかったなぁ。あのな……」

と小鈴は説明しだした。

「祇園祭のサンタさん」というのは、毎年七月になると、病院にお菓子をたくさん届けてくれるサンタクロースのことだ。もう十年以上も続いている。京都市内の小児科のある大きな病院に、段ボール箱いっぱいに詰め込んで届けられる。

びょういんのこどもたちへ
げんきになってください。

と一言だけ、メモが入っている。さらに、院長宛《あて》に、相当額の寄付金も。

お布施《ふせ》です。
子どもたちのためにお役立ていただけたら幸いです。

と、メモと一緒に分厚い封筒が入っているのだそうだ。

いったい、誰が届けているのかわからない。わからないから興味を引く。それは、当初、新聞でもテレビでも毎日のように取り上げられ、大きなニュースとなった。やがて、誰が名付けたのか、市民は「祇園祭のサンタさん」と呼ぶようになった。

二年目、三年目と続き、「また同じ話題か」と報道も少し落ち着いた頃のことだ。たまたま、別の話題で病院に取材に行っていた記者が、玄関先で一人の雲水《うんすい》を見かけた。雲水とは、諸国を行脚《あんぎゃ》する修行僧のことだ。その雲水は、段ボール箱を玄関先に置くと、手を合わせてお経を読んでいる。声をかけると、逃げ出そうとしたので、腕を摑《つか》んだという。

「あなたが祇園祭のサンタさんですね」

と訊《たず》ねると、

「私は、ただ人に頼まれて届けに来ただけです」

と言い、手を振りほどいて走り去ってしまった。追いかけたが、雑踏に紛《まぎ》れて見失ったという。その姿はボロボロで、まるで放浪者《ほうろうしゃ》のような出《い》で立《た》ちだったそうだ。

それは社会面の記事になったが、「多額の寄付をする人が、そんな貧乏な格好《かっこう》をしていたわけがない」と誰もが思った。その雲水の言う通り、誰かに頼まれたに違いないのだ。

段ボール箱のお菓子のプレゼントと寄付金はその後も続いた。しかしその報道以降、お菓子のプレゼントは病院の通用口などに「いつのまにやら」ポンッと置き去られるようになった。

実は、勇は、この「祇園祭のサンタさん」をずっと追いかけていた。

きっかけは、小鈴が五歳の時のこと。七夕《たなばた》の短冊《たんざく》に、

> ぎおんまつりのサンタさんにあって、おれいがいいたい

と書かれてあった。それを見て、なんとか願いをかなえてやりたいと思ったのだ。幸い自分は新聞記者だ。仕事にも結び付く。本当に見つけられたら、スクープである。だが、ほとんど手掛かりがない。謎はますます深まるまま、年月が経っていた。

スマホが鳴った。

デスクからの呼び出しだ。

「かんにんや、小鈴。また来る!」

「お気張《きば》りやす」

小鈴が大人《おとな》びた言葉を、嫌味《いやみ》なく笑顔でサラリと言う。いつどこで覚えたのやら。

「ほな」

勇は、小鈴と、子どもたちに手を振って再び町へと走り出た。

美都子は、南禅寺《なんぜんじ》近くのホテルにお客様をお迎えにあがった。四十歳くらいの男性と、二十代半ばの女性だ。「どんな関係やろ」と、チラリと頭をよぎる。夫婦か、それとも親子か。「いい関係」の二人ということもありうる。こんな時、こちらから訊くことはできない。

「観光で一日貸し切りと伺《うかが》っております。どちらにご案内いたしましょう」

すると、女性の方が、

「運転手さん、私たちがどんな関係か気になるでしょ」

と訊いてきた。美都子は返事に困った。それを察してというより、戸惑《とまど》わせることを面白がっての質問だとすぐにわかった。

「私たち、父娘《おやこ》なんです。でも、血は繋《つな》がっていないのよ」

「え？」

続けて、仕方がないなぁという感じで、男性の方が話し始めた。

「いやね、女房の連れ子なんですよ。この娘《こ》が中学一年の時に女房は病気で亡くなりましてねぇ。それからは二人暮らしなんです。こいつにはずいぶん淋《さび》しい思いをさせました」

「淋しかったのは、お父さんの方でしょ。お母さんと大恋愛だったから」

「う、うん」

美都子は、どう答えようかと戸惑ったが、案ずるより産むが易《やす》しだった。

「こいつがね、秋に結婚することになりましてね。それで、その前に一度、私と旅行に出掛けたいって言い出したんです。それでね」

「そうでしたか！　それはおめでとうございます」

娘さんが、父親と腕を組もうとすると、「やめなさい」と言い、振りほどいた。

「なんでよー」

「は、恥ずかしいじゃないか」

なんとも微笑《ほほえ》ましい。こんな親子もいるのだと思った。

美都子は、父親を知らない。顔も名前も。どこの誰かさえわからない。

幼い頃、母親のもも吉に尋《たず》ねたことがある。

「うちはお父ちゃん、なんでおらへんの？」

もも吉は、別に動揺《どうよう》するでもなく、まるで「おはようさん」「いただきます」と言うように答えた。

「うちはおらへんのや。会いたいんか？」

父親がいない毎日が普通で、「会いたいか」と聞かれても、よくわからなかった。

「他の子んとこはおるよ」

「うちみたいにおらん家《うち》もある。他所《よそ》さんは他所さん、うちはうちや」

小学校も高学年になると、大人の世界のことも耳に入る。

「うち、お妾《めかけ》さんの子なん？」

と尋ねたことがあった。気軽な気持ちだった。いつもなら、「うちはうちや」とはぐらかすのに、その時ばかりは違った。もも吉は顔色を変え、

「違います」

と一言。眼を見るのが怖いほどの口調だった。以後、父親のことは訊かなくなった。でも、美都子は「淋しい」と思ったことは一度もない。もも吉がお茶屋の女将《おかみ》をしていた我が家には、舞妓《まいこ》さん、芸妓《げいこ》さんがしじゅう出入りしていて、三味線《しゃみせん》や

踊りを教えてくれた。文具店「マル京」のお父さんは、ときどき宿題もみてくれた。舞妓・芸妓さんが名刺代わりに渡す千社札《せんじゃふだ》（花名刺《はなめいし》とも呼ばれる）を作っている店だ。クレパスも画用紙もあるので、お絵かきをして遊んでくれたりもした。祇園に住む者は、みな家族だ。どこに誰が住んでいるか全部知っている。通学路を歩けば、「おはようさん」「おかえりやす」と、あちこちで声をかけられた。だから、淋しくはなかったのだ。


「ところで、今日はどちらにご案内いたしましょう？」

「実は、来週来たかったんです。でも二人の休みが合わなくてね、一度、祇園祭を見たかったんですが……」

と父親が残念そうに答えた。

「祇園祭というと山鉾巡行が一番に有名ですが、実は祇園祭は七月の一日からもう始まっているんどす」

「え？」

と、娘さんの方が驚いた様子。

「一日は長刀鉾町のお千度《せんど》いうて、その年のお稚児《ちご》さんが八坂神社《やさかじんじゃ》に神事の無事を祈って参拝《さんぱい》する行事があります。それから五日の稚児舞披露《ひろう》、七日の綾傘鉾《あやがさほこ》のお稚児さんの参拝やら……そうそう、お稚児さんいうんは神さんのお使いの子どものことどす」

「知りませんでした。観たかったわ」

「そやったら、鉾建《ほこたて》にご案内しましょう」

「なんでしょう、それは」

と娘さんが尋ねる。

「今日は十一日やから、もう始まってます。『縄《なわ》がらみ』いうて、釘を一本も使わずに山や鉾を組み立てる難しい技《わざ》で、専門の職人さんがおるんどす」

「ぜひ、見てみたいなぁ」

「道路を一部通行止めにして、組み立てます。まだ骨組みの最中《さいちゅう》やと思いますが、織物《おりもの》が懸《か》かると溜息が出るほど華やかになります」

「お父さん、いいドライバーさんに出会えてよかったね」

「うん、ホントだ」

また娘さんが父親の腕を取った。今度は、父親はされるがままに、にこやかにしている。

ふと、美都子は、胸の奥にひたひたと迫ってくるものを感じた。それは、幼い頃にはなかった思いだった。言葉にするのは難儀《なんぎ》。生死すらわからないいまだ見ぬ父親を偲《しの》ぶ「せつなさ」とでもいうのだろうか。このところ、なにかしら心がざわつくことが多いことに気付いていた。

その後、洛中《らくちゅう》の混雑を避けて、曼殊院門跡《まんしゅいんもんぜき》や圓光寺《えんこうじ》などを巡って再び中心部へと戻って来た。車を預けて烏丸通《からすまどおり》を先導して歩く。角を曲がったところで、

「あっ！　どこかで演奏してますね」

と、美都子が説明するよりも先に、娘さんが気付いた。

コンコンチキチン、コンチキチン♪

父親が、

「お囃子《はやし》だ。どこから聴こえてくるんでしょうかねえ」

と、辺《あた》りをぐるりと見回す。我が意を得たりと、美都子は立ち止まり目の前のビルの二階を指さした。

「ほら、ガラス越しに人影が見えますでしょ」

「あっ！」

父娘が口を半開きにして見上げる。

「もうすぐ宵山《よいやま》が始まります。それぞれの山や鉾の保存会の人らが、笛や鉦《かね》の練習をしてはるんどす。子どもらは学校が終わると駆けつけますし、大人も仕事をほか

してお祭り一色になります」

二人は、舗道《ほどう》の脇から見上げつつ、目を閉じて聴き入っている。

「これは旅行会社のツアーでは体験できないですね」

美都子も、目を閉じて一緒に聴く。練習の甲斐《かい》もあり、もうお囃子は仕上がっているようだ。

西の空が祭を彩《いろど》るように、すこしずつ朱《あか》くなっていった。

勇は、亡き妻の母親からの電話で家を飛び出した。

「病室に小鈴ちゃんがおらへんの」

「え？」

「トイレにも……食堂にも面会室にも」

夕べは、伏見《ふしみ》で起きた連続放火事件の取材で一睡もしていない。とにかく横になろうと帰宅したところで電話がかかって来たのだ。

急いで病院に駆けつけると、病室のベッドの横で、義母《はは》が小鈴の手を握《にぎ》っていた。当の小鈴は、点滴《てんてき》を打ちながらぐっすり眠っているようだ。

「お義母《かあ》さん！　小鈴は見つかったんですね。よかった」

「勇さん、あっちへ」

と小声で促《うなが》されて、面会室へ行った。

「小鈴ちゃん……この暑いのに、屋上で膝かかえて泣いてたんよ」

病院の屋上には、芝と少しばかりの低木が植えられて、憩《いこ》いの公園になっている。給水タンクで陰《かげ》にはなっていたものの汗だくで、熱中症になりかけていたという。

「なんで……」

「訊いても答えへんのや……そやけどなぁ、手術するんが怖いんやないやろか」

二度目の手術は大きなものだと、遠藤先生から聞いている。時間も長い。「眠っているうちに終わるから、痛《いと》うないよ」と言われてはいるが、怖くなって当然だ。いつも笑顔を振りまいているので、「本当にこの子は病気なのか」と疑ってしまうこともある。だが、親には口にせず、苦しみに耐えているに違いないのだ。

「言いにくいんやけどねぇ、勇さん」

「はい……」

「この前の七夕祭、小鈴ちゃんはえろう楽しみにしてたんよ」

「申し訳ないです。でも……仕事が」

「忙しいのはわかってます。そやけど前の晩、『明日は必ず来るからな、一緒に短冊に願い事書こな』言うてたそうやないですか」

「……」

毎年の誕生日。授業参観。何度、口だけの約束をしてきたことか。

「それも泣いてた理由なんやないですか？」

それを言われると返す言葉もない。小児科病棟での七夕イベントに参加するために病院へ向かう途中、またまたデスクから電話が入ってしまい、やむなく事件現場へ向かってしまったのだ。何度目だろうか。もう聞き飽きるほど聞かされた言葉を、義母が漏らした。

「勇さん、無理せんでもええんよ。退院したら、小鈴はうちで引き取るさかい。お爺ちゃんも喜ぶし、あんたも仕事に打ち込めるし。好きな人でけたら家庭持ってやり直せるんと違う？」

「お義母さん、その話は……」

と言い返そうとしたが、今日は言葉にならなかった。小鈴のいない日々なんて考えられない。しかし、はたしてこれからも、自分は父親としての役割を全《まっと》うしていけるのだろうか。

実加が亡くなった後、遺品の中から一通の手紙が出てきた。いや、手紙などという代物《しろもの》ではない。ただ一言、メッセージが書かれていただけだ。もうかなり衰弱《すいじゃく》していた頃のもので、筆圧も弱い。その当時も仕事に追われて、なかなか実加の病室に行くことができなかった。だから、メモを残したのだろう。


勇さん、ありがとう。

小鈴をお願いしますね。


ただ、それだけ。涙のせいなのだろうか。実加のにじんだ文字が、今も心にトゲのように刺さっている。だから、だから……勇は小鈴を手放すなんてことは考えられなかった。それが、実加の願いなのだから。


「ばあさん、暑うてかなわんわ〜」

「この暑苦しいのに、ばあさん、ばあさん言うのやめておくれやす。よけいに暑うなるわ、じいさん」

ここは祇園甲部《こうぶ》。

花見小路《はなみこうじ》から少し奥に入れば、迷路のような小路。

甘味処《かんみどころ》「もも吉庵」に、いつもの顔ぶれが揃った。丸椅子が六つしかないL字型のカウンターには、建仁寺塔頭《けんにんじたっちゅう》の満福院《まんぷくいん》住職の隠源《いんげん》と、息子の隠善《いんぜん》。そして、美都子。

「そうやで、おやじ。もも吉お母さんに嫌われるで」

と隠善が隠源を叱る。そんな毎度《まいど》の会話も、今日は暑さで息が上がり、みなしんどそうだ。もっとも、もも吉の出で立ちは涼感《りょうかん》あふれている。夏塩沢に麻の白い帯。それに舞妓が差す紅のような真っ赤な帯締めをしている。

おジャコちゃんも、なんだかぐったりしている。もも吉が、好物の風神堂《ふうじんどう》の銘菓《めいか》「風神雷神《らいじん》」を差し出すが、見向きもしない。どうやら猫も夏バテするらしい。

ところが、美都子一人いつも通り、いやいつも以上に溌剌《はつらつ》としている。

「今日はよう働いたわ～。次から次へと手を挙げられて。市内をぐるぐるなんべんも回ったあげく、最後は比叡山《ひえいざん》上がって大津《おおつ》の三井寺《みいでら》や」

「美都子お姉さん、なんでそないに元気なん？」

そう隠善が尋ねると、もも吉が代わりに答えた。

「ええ男《ひと》が来るからや」

「え!?　……ええ男って」

と隠善は心配そうに問い返した。

「ええ男は、ええ男や。もうずいぶん前のことになるなぁ。美都子に首ったけで、うちのお茶屋に通い詰めてたお人や……なあ隠源はん」

「ああ、そうや……そろそろやなぁ、あいつが来るんは」

「あいつ？」

隠善は、それを聞いてますます不安げな顔つきになった。

「お前は、一昨年、ようやっと修行から寺に戻って来たばかりやから知らんだけや。その男いうんはなぁ、うちの寺の雲水なんや」

「なんやて？　満福院の雲水やて？　知らんで……僕は」

「お前が修行に出た後、入れ替わるようにやって来たんや。そやけど、寺にはおらん。わてが命じて、托鉢《たくはつ》に出とるんや。そいで年に一度だけな、寺に帰ってくるんや。そうそう、去年会《お》うとるはずやけどなあ。まあ、すぐにまた慌《あわ》ただしく托鉢に出てしまうさかい、気ぃつかんかったとしても仕方ない」

「年に一度？　どういうことや」

「七夕の織姫《おりひめ》と彦星《ひこぼし》みたいなもんや。昔、恋焦《こ》がれた女《ひと》に会いに来るわけや」

「お母さんも隠源さんも何言うてんの。からかうのは止《や》めといてや。うちの方はなんでもないで！」

美都子が真顔《まがお》で怒ると、二人はそれ以上には追及しなくなった。ただ、依然として隠善は訝《いぶか》し気に美都子の方を見つめていた。

そのいい男と美都子は、恋仲というわけではない。

まだ美都子が、芸妓をしていた時のことだ。ある会社の社長に惚《ほ》れられてしまい、難儀《なんぎ》したことがあった。若くして、一代で巨大企業グループを築いた人物で、美都子より二十近くも年上の男だった。たまたま、接待でもも吉のお茶屋を訪《おとず》れた際、出会ったのだ。

普通は「ええ男はんやわぁ」とか「テレビで見てます」などと持ち上げるものだ。しかし、美都子は母親に似ておじょうずを好まない。必要以上に褒《ほ》めそやしたりしない。その社長曰《いわ》く「そういうところが気に入った」のだという。

その後、関西へ来るたび彼は祇園に立ち寄った。そのうち「立ち寄る」のではなく「わざわざ」訪れるようになる。いつも花束を持参して、貴金属の贈り物の嵐。それも、ケタ違いのもので美都子は相手の人格を疑ってしまった。

「なんや世の中、お金さえあればなんでも手に入る思うとるんやないの」

あれこれ言い訳してお座敷を断るようにした。もも吉も、「かんにんどす」と繰り返し頭を下げてくれた。「どうせ金持ちの気まぐれ」と思っていたのだが、それが十回、十五回……そして二年、三年も続くと美都子の心も「たまには会うてあげな可哀《かわい》そうや」などと思うようになった。もちろん、ただのお客様としてである。

「ようやく出て来てくれましたね」

と、社長は無邪気《むじゃき》に喜んでくれた。

（この人、あんがい悪い人ではないのかもしれへん）

会うたび、「君が好きです」「惚《ほ》れてしまいました」と、顔から火が出るようなセリフを、臆面《おくめん》もなく口にする。聞けば、一度も結婚したことがないという。ただただ、仕事一筋で突っ走ってきた。恋をする余裕もなかったというのだ。あくまでもお座敷の上のこととして、失礼のないようにもてなすようになった。

それまで美都子は、大勢の男性に言い寄られた。そのほとんどが、さまざまな世界での成功者だった。しかし、これほどまでに、まっすぐで純粋な男性に出会ったことがなかった。ひと言でいうなら「少年」だと思った。

「ええ人かもしれへん」

ほんの少しだけそう思えるようになった頃、「あの事件」が起きた。

そして、それを境にして、ぷっつりと祇園を訪れなくなった。いや、それだけではない。世間から姿を消してしまったのだ。

美都子の心に、ぽっかりと穴が開いた。人は、「今、目の前にあるもの」にはなかなか気付かない。それが失《う》せた時、初めてその「大切さ」に気付くという。美都子は、会えなくなって、初めて「会いたい」と思うようになった。最初は、まだ見ぬ父親に、その姿を重ね合わせているのではないか、とも考えた。だが、すぐにそれを否定した。思うだけで、胸が痛むのだ。これは、「恋」に違いないと思った。気付いた時には遅かった。それは思いの届かぬ恋になっていた。


「美都子ちゃん、なにボーッと考え事してるんや。やっぱり暑さのせいやろ」

美都子は、隠源の一言で我に返った。

「たしかに暑うてかないまへん」

「ばあさん、ばあさん。ほらほら、去年の夏、かき氷みたいなぜんざい食べさせてくれたやないか。あれ出してぇな」

「そうやった、そうやった、新作拵《こしら》えてみましたんや」

と言い、もも吉は一度奥へ引っ込むと、しばらくしてお盆を手に戻ってきた。みんなの前に大きめの清水焼《きよみずやき》の茶碗《ちゃわん》を差し出した。

かき氷だ。

そのてっぺんには濃い抹茶《まっちゃ》がかかり、斜面には麩《ふ》もちが見え隠れしている。

「なんや去年食べたんと一緒やないか。もも吉ともあろうものが、工夫が尽きたん

る。

「そんなん言うならええわ」

と、もも吉が隠源の茶碗を引っ込めようとすると、慌てて法衣《ほうえ》の袖で抱き寄せかいな」

「誰が食べへん言うたんや。食べるに決まってるやないか」

「ぶつぶつ言うから、いらへんのかと思うたで」

「あ〜、ひんやりしてええわあ」

先に手を付けていた隠善が、幼子《おさなご》のような顔つきで言う。

「出て来た、底から出て来たで〜あんこや」

さくさくと匙《さじ》で氷の山を崩すと、粒小豆《あずき》が少なめのお汁粉《しるこ》が出てくる。

急いで隠源もかき氷を搔《か》き込んで、悲鳴に似た声を上げる。

「ああ、頭痛い〜」

と眉間《みけん》を押さえつつも、またまた搔き込む。よほど身体《からだ》に熱がこもっているのだろう。そこで、隠源と隠善がまるで示し合わせたような声を上げた。

「な、なんや」

「あれ？……なんや入っとる」

隠源が匙にすくい上げたもの……それは、抹茶の氷玉だった。巨峰《きよほう》の半分ほどの大きさのまん丸の氷だ。

「一番底に沈んでたでぇ」

もも吉が得意気に言う。

「ぜんざいでもかき氷でも、食べてしもうたらなんや淋しおますやろ。そやからおまけの趣向《しゅこう》や。砂糖の蜜《みつ》もなんも加えんお抹茶を、まん丸に凍らせて拵えたんどす。みんな食べてしもうた後で、口ん中入れてねぶっておくれやす」

「ええなぁ、ええなぁ。なんちゅうええこと考えたんや」

隠源は大はしゃぎである。

「こんなん、小鈴ちゃんにも食べさせてやりたいなぁ」

「ほんまや」

と美都子は頷《うなず》いた。顔馴染《かおなじ》みの新聞記者・大沼が、何度か娘の小鈴を連れて訪れたことがある。あまりにも利発で可愛いので、もも吉庵のアイドルのような存在になっていた。

「なんや大沼さんの話では、また手術せなあかんらしいなあ。なんとかまた学校行けるようなるとええなあ」

と隠源が言うと、もも吉も美都子も無言で頷く。

そんな噂《うわさ》をすれば陰《かげ》。表の格子戸がガラリと開く音がした。

誰かれとなく、花街《かがい》ではこう口にする。

願い事は、八坂神社に、有楽稲荷《うらくいなり》……。悩んだ時には、もも吉お母さん。

そんなもも吉が女将を務める「もも吉庵」を大沼勇が初めて訪れたのは、もうかれこれ十年近く前のことだ。以前はお茶屋を営んでいたが、甘味処に衣替えして間もないのだと聞いていた。

その娘さんで、祇園No.1の芸妓がタクシードライバーに転身して活躍しているというので、取材に出掛けた場所が「もも吉庵」だった。美都子の美貌《びぼう》には、すべての男性がクラリと来る。勇も同じ。まるで女優、いやそれ以上だと思った。

しかも、母親のもも吉の凜《りん》とした人柄に魅《ひ》かれた。何度か訪れるうち、もも吉のことを「お母さん」と慕《した》う花街の人たちが、こっそりと人に言えぬ「悩み事」や「相談事」を聞いてもらいに来ることを知った。

そこで、勇も、思い切って辛い胸の内を漏らした。

生まれたばかりの小鈴の病《やまい》のことを知り、心が折れそうになっていた。

勇は、弱音を吐くのが好きではない。もともとの性格もあるが、学生時代、漕艇《そうてい》部で厳しい練習に耐えたことも一因だろう。しかし、娘のこととなると話は別だ。

妻を亡くし、これからどうやって一人で育てていったらいいのか悩んでいた。もも吉に、話を聞いてもらうだけで、心が軽くなった。

以来、勇は、心が重くてどうしようもなくなると、もも吉庵に足を運んでいた。

「もも吉お母さん、こんにちは……あっ、みなさんお揃いでしたか」

隠源が一礼して代表するかのように答える。

「大沼さん、実は今、ちょうど小鈴ちゃんのこと話してたところや」

「え？」

「また、ここへぜんざい食べに来てほしいなあ～言うて。小鈴ちゃんの具合い、どないでっか？」

みんなやさしい。勇は、その言葉だけで干《ひ》からびた心が潤《うるお》される思いがした。

「それが……つい先日、熱中症になりかけまして」

もも吉が尋ねる。

「病院にいて、なんでやの？」

勇は、いっとき、病室から行方不明になって騒ぎになった話をした。さらに……大きな手術を控《ひか》えて、どう励ましたらいいのか。あまりにも忙しくて、いつもそばにいてやれないこと。そして、そして……義母の申し出。

「さすがのもも吉でも、解決でけへんことばかりや」

と返した隠源に対して隠善が口をはさむ。

「そない思うんやったら、おやじが力になってあげたらええやろ。偉いお坊さんなんやから。いつも偉そうな説教、檀家《だんか》さんにしてるやないか」

「お前、偉い偉いって、父親のこと小ばかにしとるんと違うか」

「先斗町《ぽんとちょう》で遊んでる暇あったら、祇園祭のサンタさんの善行でも見習《みなろ》うて、小鈴ちゃんやら入院してはる子らの勉強でもみてあげたらどうや」

「あほか、もうこの歳で、わてが算数とか理科とか教えられるわけがないやろ。恥かかせてどないするんや」

勇は、父子のやりとりに思わず、声を上げて笑ってしまった。

「アハハ」

もも吉と美都子は、「いつものことだ」と苦笑《にがわら》いしているが、勇には愉快で仕方がなかった。日頃、暗い事件ばかり追い回し、その合間に小鈴に会いに行く。そこでは、どんなに疲れていてもシャンとして笑顔を保たなくてはならない。

「ここでみなさんと一緒に時を過ごすだけで、ほんま癒されます」

もも吉が、やさしい瞳を投げかけた。

「人は悩むと、心ん中がパンパンになって苦しゅうてたまらんようになる。よう言われるように、人に心の内を話すだけで半分は楽になるもんどす。なんも役に立たへんけど、いつでも来ておくれやす」

「おおきに、もも吉お母さん」

ここで、隠善が先ほどの話を繰り返した。

「ところで大沼さん、祇園祭のサンタさんは見つかりそうですか？」

「いいえ、その後、手掛かりは皆目ありません」

「なんやみすぼらしいお坊さんが届けに来はったいう話は、どうなりました？」

「最初のうちは、病院の受付に預けていったんやけど、その後は、ポンと玄関や通用門に段ボール箱を置いていかれるので、さっぱり摑めんのです……そやけど」

隠善が、興味深げに尋ねる。

「……そやけど？」

「今年こそ、正体を突き止めようと準備万端《ばんたん》なんです」

あまり関心がなさそうに聞いていたもも吉が、話に割って入ってきた。

「どういうことでっしゃろ」

「はい。仲間の記者たちに頼んだり、学生をアルバイトで雇ったりして、二十四時間病院の周りで張り込みさせる予定なんです。いつもの年だと、鉾建が終わって宵々山《よいよいやま》の頃からプレゼントが届けられます。明日からでも、作戦を開始する予定なんです。今度こそ見つけますよ」

「それは大層《たいそう》なことどすなぁ」

口とは裏腹に、もも吉はあまり感心している様子は窺《うかが》えない。しかし、今年こそ突き止めたかった。できることなら、小鈴に会わせてやりたかった。手術の前に。

「見つかると、宜《よろ》しおすなぁ」

そう言うもも吉の言葉が、勇にはなぜか他人事《ひとごと》のように聞こえた。


美都子は、翌朝、仕事のついでを装って吉田山山麓《よしだやまさんろく》の神楽岡別邸《かぐらおかべってい》に女将の恭子《きょうこ》を訪ねた。恭子は、小学生の頃から、もも吉と仲良しだと聞いている。苦労話を聞き合い、そして励まし合う。そんな二人だからこそ、恭子はなんでも知っているはず。もう一度確かめたいと思ったのだ。

奥の帳場《ちょうば》に上がると、手土産《てみやげ》の包みを広げた。

「わあ、うちの好物や。美都子ちゃんも一緒に食べよな」

「へえ、そのつもりで買《こ》うて来ました」

寺町通《てらまちどおり》の村上開新堂《むらかみかいしんどう》のオレンジゼリー。オレンジの中身をくりぬき、空になったオレンジを器に見立てて、その中に果肉と果汁のゼリーを流し込んで拵える。冬季限定の「好事福盧《こうずぶくろ》」なる名前のオレンジゼリーは、食通の小説家・池波正太郎《いけなみしょうたろう》がお気に入りの逸品《いっぴん》であったことで知られている。

「さっき、玄関で『ついで』に寄った言わはったけど、こないな美味《おい》しいお土産持って来はるいうんは、何か目的があってのことなんやろ」

さすが女将。もも吉同様、洞察力が鋭い。美都子は匙を運ぶ手を休めて正直に尋ねた。

「あのな、恭子お母さん。うちが中学生の時やから二十年以上も前のことや。こんなこと訊いたこと覚えてはる？」

「なんどした」

「うちのお父ちゃん、どこにおるん？　……いうて」

「ああ、そんなことあったなぁ。覚えとるよ、ドキッとしたもんや」

「なんて答えはったかも？」

「あんたがお父ちゃんのこと知りたいんはわかる。もし、うちがあんたやっても、知りたい思うはずや。そやけどなぁ、ほんまに知らんのや、かんにんなって」

「そうどした。そう言わはった」

構えずいつも通り穏やかな恭子に、美都子も普段通りの表情で話を続ける。

「うちな、ず～っと、お父ちゃんのこと考えてるわけやないんよ。ただな、なんかの折、……仲のええ父娘と話したり、映画で二枚目の俳優さん見て『男らしいなぁ』思うたりすると、ふと思うんや。うちのお父ちゃん、どこで何してはるんやろうて」

「そうかぁ、それはせつないなぁ。そやけど、かんにんえ。ももちゃん……お母さんとはなんでも話す仲の幼馴染みやけど知らんのや」

「そうどすか……」

「あのな、美都子ちゃん。うちも、あんたの父親が誰か気になったことがある。急にお腹《なか》大きゅうなって、赤ちゃん産む言われた時には、びっくりしたもんや。そやけどうちには聞けんかった。『聞かんといて』って、お母さんの顔に書いてあったさかい。今でも思うんや。もし聞いてたら、辛い思いさせてたんやないかってなぁ。そこまでして、聞いたらあかん。触れんようにしとこ。そう思うてな」

「……」

さらに恭子はつづけた。

「うちに尋ねるんは、お母さんに自分ではよう聞けへんからやろ。うちと同じで、聞いてはいかん、聞いたら悲しむ思うてるからやないか」

その通りだった。ときどき、忘れた頃に心がざわつき乱れる。だが、また時が経てば落ち着くに違いない。

美都子は、ゼリーを平らげ、よもやま話を少しばかりして吉田山を下りた。


七月十六日。

今日は、前祭の宵山である。

それぞれの町会所では、御神体《ごしんたい》が祀《まつ》られ、山や鉾に飾られる懸装品《けそうひん》も間近に披露《ひろう》される。ヨーロッパ、中東、インド、中国など、シルクロードを渡って来た絨毯《じゅうたん》などのきらびやかな布地などだ。

歩行者天国に露店《ろてん》も並び、大勢の人たちが押し寄せる。四条烏丸の交差点辺りは身動きすらできないほどのにぎわいとなる。

昨晩、宵々山のにぎわいが引けて、日付が今日に変わった頃。総合病院の裏口に、ひそかに大きな段ボール箱が置かれた。午前三時。定時の見回りに出た警備員がそれを見つけ、朝一番に院長に報告した。「祇園祭のサンタさん」が今年もやって来たのだ。

話を聞いて、勇は朝一番で病院へ向かった。張り込みを頼んであった仲間の記者が、たまたま事件で持ち場の病院を離れた隙《すき》に、やって来たらしい。

小児科では大騒ぎだった。段ボール箱のまわりに子どもたちが集まっている。

「これぼくがもらう」

「これわたし！」

おもちゃとお菓子がドッキングした食玩《しょくがん》の取り合い。小鈴が、

「こんなにあるんだから、落ち着いて！」

と呼びかけるが、今日だけは誰も言う事を聞こうとしない。そういう小鈴も、手に何かの袋を抱えている。勇はそばにいた看護師さんに声をかけられた。

「あ……小鈴ちゃんのお父さん……院長先生がお話ししたいことがあるって」

「高倉《たかくら》先生が？」

「院長室にいてますって」

「はい。わかりました」

勇は、何事かと心配になった。わざわざ院長室に来てほしいという。良い話であるはずがない。もともと、もも吉から高倉院長を紹介され、小鈴はこの総合病院でお世話になることになった。もも吉庵で一緒になったこともある。つい先日も、病院の周りを二十四時間、新聞記者に張り込みをさせてもらう許可を得るため、会ったばかりだ。エレベーターに乗っている間にも、不安がもやもやと大きくなっていく。

「失礼します」

「ああ、大沼さん」

「小鈴がお世話になっています」

高倉院長は、自分の席から立ち上がり、目の前の応接のソファーに勇を促した。

「どうぞ、どうぞ」

「あ、あの……手術のことでしょうか」

はやる気持ちを抑えられず切り出す。だが、高倉院長は思わぬことを口にした。

「実はですねぇ……どうしようかと悩んだんですが」

「……」

勇は、唾を飲み込み、覚悟を決めた。自分でも青ざめているのがわかった。

「ちびっと見てほしいものがありまして……これなんやけど」

と差し出されたのは、小さな紙切れだった。それは花名刺。舞妓や芸妓がお座敷で初めてのお客様に差し上げるものだ。チューイングガム一枚ほどの大きさで千社札とも呼ばれる。今は、貼り付けられるシールタイプのものが多い。普通の名刺とは異なり、鮮《あざ》やかにデザイン化された舞妓や芸妓の名前だけが版画のように印刷されており、住所や電話番号は書かれていない。

高倉院長が勇に差し出したのは、薄いピンクの千社札だった。

「え？　これは……、もも吉お母さんの千社札ですね」

「そや」

「これがどうかされましたか？」

「段ボール箱に入ってたんや」

「どこの……」

「サンタさんのや」

「え!?」

「なんでかわからしまへんけど、お菓子の箱の中にこれが入っとったんや」

勇は、頭の中が「？」でいっぱいになった。

「まさか……もも吉お母さんが祇園祭のサンタさん？　そんなあほな」

勇は再び、先週辛い思いを聞いてもらったばかりの「もも吉庵」へ足を向けた。

格子戸を開けて飛び石の上を、トントンと奥へと進む。上がり框《かまち》で靴を脱ぎ、襖《ふすま》を開けると、もも吉の笑顔に出迎えられた。

「おこしやす」

今日は走って来たわけでもないのに、シャツがびしょびしょだ。京都盆地は蒸《む》し風呂《ぶろ》のようで、動かなくても肌がじとじとしてくる。

「まあまあ、汗だくやないの。冷たいおぶでも飲んでおくれやす」

そう言い、もも吉は氷の入った麦茶を差し出した。勇は、一気に飲み干して一息つくと、そこで初めて気が付いた。L字型のカウンターに、いつもの美都子、隠源、隠善親子のほか、初めての顔が一人座っている。顎《あご》から頬にかけてひげがボーボーに伸びているお坊さんだ。

勇は「おや？」と顔をしかめた。なにやら酸《す》っぱい臭《にお》いがする。汗だくの自分の身体から発せられたものではないかと、クンクンと嗅《か》いでみる。

その様子を察したのか、お坊さんが口を開いた。

「申し訳ございません。この、すえた臭いはわたくしのものです」

薄汚れた法衣は、ところどころが破けてダラリと垂れ下がっている。脚絆《きゃはん》も黄ばみ頭陀袋《ずだぶくろ》も染《しみ》だらけだ。ひげのせいか、年齢不詳。英国紳士のひげとは明らかに違い、手入れもせず伸ばしっぱなしという風体《ふうてい》だ。まるでホームレスではないか。

「隠徳《いんとく》と申します」

「……大沼いいます」

勇は、ぺこりとお辞儀《じぎ》をして尋ねた。

「満福院の方でしょうか」

奥の隠源が、それを受けて説明した。

「この者は、当山『満福院』の雲水や。もうかれこれ十年余りも前のことやったなあ。修行をしたい言うて三日三晩、玄関に座り込んで請《こ》うので仕方なく入山を許したんや。そやけど、一年中、托鉢修行をしてるさかいに、わても顔を合わせるのは一年ぶりなんや」

「そうですか」

普段なら、記者魂がうずいてその隠徳と名乗る雲水の取材をするところだろう。だが、頭の中は、千社札のことでいっぱいだった。もも吉が、言う。

「もうそろそろ、来はる頃やと思うてました」

「え？」

「なんも言わんでもよろしおす。あんさんが来られた理由は見当ついてます」

「……」

「うちの話、聞いてもらえますやろか？」

勇は、微《かす》かに唇を固くし、居住まいを正した。もも吉は、まっすぐに勇の眼を見ると穏やかに、そして問いかけるように言った。

「これからうちがするんは譬《たと》え話や、ええな」

「え!?　……譬え話？」

「そうや、譬え話や。仮の話や思うて聞いておくれやす」

「はい」

と答えはしたものの戸惑うばかり。もも吉が静かに語り始めた。

「むかしむかしのことや。えろう貧しい家の出の男はんがいはった。家の前に川が流れててなぁ。川いうても清水《しみず》やない。下町のどぶ川や。その脇に生えてる雑草を、摘《つ》んで、茹《ゆ》でて食べてはったそうや。物心ついた時から、お父ちゃんはおらへんかった。お母ちゃんに訊くと『病気で死んでしもうた』言われたそうや。でも、人の口には戸は立てられへん。ほんまはバクチにはまって、悪い人に追いかけられて、いのうなったらしいんやな」

いったい何の話をしているのか。勇は黙って、もも吉の話に耳を傾けた。

「お母ちゃんは、毎晩、夜遅う酔っぱらって帰って来たそうや。子どもでもなぁ、なにして稼いでるんか、なんとなくわかったんやな。そやけど一度も、なんの仕事してるか、お母ちゃんに訊いたことはないそうや……。それでも、別に不満もなく育ちはった。貧乏が普通やったさかいに、比べようがないんや」

もも吉は、ここで自分もコップの水をひと口含み、息をついた。

「そやけど、どうしようもない不幸がやってきた。小学校三年の時のことやったそうや。三つ下の弟はんが腹が痛い言うて泣くんやそうや。そやけど、なんともでけへん。ただお母ちゃんが帰ってくるのじっと部屋で待ってた。そうそう、大切なこと忘れてた。その時なぁ、家の電気、止められてて、夜は真っ暗やったそうや。そこへお母ちゃんが酔っぱらって帰ってきはった。『政史を病院連れてってて〜』言うたそうや。弟はん、政史いうんや……ええか、これは『譬え話』やからな……」

勇は続きを聞くのが怖くなった。とても良い結末とは思えなかったからだ。みなが固唾《かたず》を呑む中、もも吉は話を続けた。

「政史君が痛い、痛い……言うて泣いてる。そやけど、お母ちゃんは『寝てたら治る』と言うて眠ってしまったそうなんや。さて明け方のことや。政史君が泣きやんだんで、よかった思うた。ところが、よう見ると涎《よだれ》たらして意識がない。『政史！』って呼んでも応えへん。お母ちゃんも慌《あわ》てて背中に背負って近所のお医者さんに連れて行った。ドンドン扉叩いてなぁ……先生、ちょっと診察するなり『これはあかんで』言うて救急車呼んでくれたんやけど……間に合わへんかった。盲腸《もうちょう》から腹《ふく》膜炎《まくえん》になってたそうや。泣きじゃくるお母ちゃんらに、先生が言うたそうや。『なんで早《はよ》う連れて来《こ》んかったんや』て。お母ちゃん、ずいぶん後になって教えてくれたそうや。お医者さん行ったらお金がいる。悪いことに、借金の取り立てにあって、有り金全部持って行かれた後やったんやて。貧乏いうんはこういうもんや。その男はん、泣きながら話してくれはった……」

もも吉は、「譬え話」と言ったが、それは、どこかの実在する人物のことであることは明らかだった。しかし、それを問えるような空気ではなかった。

隣の美都子は、神妙な顔つきでもも吉を見つめていた。隠源、隠善は瞳を閉じて聞いている。隠徳と名乗った雲水はうつむき、膝の上に置いた両拳《こぶし》に視線を落としていた。

隠徳の、その拳の上にポツリと雫《しずく》が落ちた。

それを気に留める様子もなく、もも吉は話を続けた。

「小さい頃に、そういうことがあってなぁ。ほんまは、政史君みたいな子、救えるようなお医者さんになりたかったそうやけど、貧乏には勝てへん。中学卒業してから、最初は、ゴミの回収の仕事……なんて言うたか、そうそう産廃《さんぱい》や。工事で出たゴミを、トラックで工事現場を回って集める仕事の手伝いや。給料少のうてなぁ。それでもせっせと貯金したそうや。先輩たちは楽《らく》したがる。サボりたがる。押し付けられた嫌な仕事、文句言わんと、ぜ〜んぶ引き受けたそうや。男はんは、働いてお金がもらえるのが嬉しゅうて仕方がなかったんやな。やがて貯めたお金で、運転免許取って、中古の軽トラ買うて、小《こ》さいながらも一国一城の主《あるじ》にならはった。十九か二十ん時のことや。その後も身を粉にして働いて、会社は人を雇うようになり、どんどん大きゅうなった。それから、どんどん運送やら倉庫、不動産の仕事にも手を広げはって、ちょっと名前が知られるようになったそうや。その儲《もう》けたお金で、次々と左前になった名門企業を買収してなぁ。一大企業グループを作ったんや」

「……それって」

間違いない。誰もが知る「あの企業の社長」だ。産廃業から一代で財を成したという立志伝中の人物。もちろん、会ったことなどないが……。

ちょっと待てよ……たしかその社長って……。

記憶をたどり始める前に、再びもも吉が話を始めた。

「買収に次ぐ買収で、その男はんは大金持ちになった。そやけど、金の亡者《もうじゃ》やなかった。あくまでも、『お願いします、助けてください』と頼まれた場合にだけ、手を差し伸べたそうや。倒産すると、社員の家族は路頭《ろとう》に迷う。自分と同じように貧乏になる。それが忍びなかったんやなぁ。そんなんで会社を買うてるうちに、知らんうちに巨大なグループになってたんやそうや」

成功者とは、そういうものなのだろうか。勇は驚きつつも不思議に思った。

「ある時、病院の立て直しを頼まれたそうや。男はんは、迷わず引き受けはった。医者になりたいいう夢を思い出したんや。それは京都の大きな病院やった。先代の理事長の放漫経営が祟《たた》って潰《つぶ》れそうやった。跡継ぎの息子は、真面目《まじめ》なお人やそうでな。それで息子さんには院長になってもらい、男はんが理事長になった。経営のプロいうんは、ツボいうのがわかってはるんやろうな。またたく間に黒字になった。病院経営するんも、運送会社経営するんと変わりないそうや」

勇は、この話の続きを知っていた。

いっとき、世間を騒がせたあの事件……。

「黒字が三期続き、そろそろ息子の院長に理事長も譲《ゆず》って手を引こうと思っていた矢先のことや。深夜に救急車で患者が運ばれてきた。小学校に上がったばかりの男の子やった。『おやすみ』言うた時にはなんともなかったそうや。それが、夜中に目ぇ覚ましてお腹《なか》が痛い言うて泣き出した。看護師が子どもに尋ねると、昼間、友達と遊んでいてジャングルジムから落ちた言う。叱《しか》られるのが嫌で、両親には黙ってたらしい。動脈が傷ついていてお腹の中、出血してたんや。すぐ緊急手術せなあかん。ところがなあ、外科の二人の先生、その少し前に担《かつ》ぎ込まれた交通事故の患者さんの手術中やった。実は、もう一人、手術でける先生もいたんやけど、出勤して早々に身体がだるい言うて検査したらインフルエンザ陽性。仕方なく家に帰ったそうや」

勇は、唾を一つ飲み込んだ。

もも吉は、先ほどよりも少し、疲れたように見受けられた。

「こういうのを、不運いうんやろなぁ。男の子は亡《の》うなってしまったんや」

隠善が、「ううっ」と声を漏らして泣いていた。

その隣で、隠徳が肩を震わせている。美都子は、その隠徳の様子が気になるらしく、じっと見つめている。

「その男の子の父親がなぁ、マスコミにふと漏らしたんや。手術してもらえんと亡うなったてな。誤解なんや。どうしようもなかったんや。そやけど、その誤解が新聞に載って……すぐにテレビのワイドショーに取り上げられて……。世間いうもんは、調子のええ者《もん》、有名な人、金持ってる人を妬《ねた》むもんや。上がるもんは、足引っ張られる。それで、その男はんは連日、マスコミの集中砲火や」

「しかし、たしかあの事件は……病院に過失が無くて、送検にも至らなかったと記憶して……」

もも吉が、あきれた表情で、勇の言葉を遮《さえぎ》った。

「これは『譬え話』やで」

「……はい」

「譬え話なんやけどな……男はんは、責任感じて病院の理事長辞めはった。それだけやない。グループのぜ〜んぶの代表も退任して、行方《ゆくえ》くらましはったんや。そりゃあ大騒ぎや。これまた連日のワイドショー。そやけど、世間いうんはすぐに忘れるし、次のおもろい話が湧いてくると、そっちに向く」

ここまで聞いて、勇は、「まさか」という思いが心の中に広がった。

「さて、いよいよ話もクライマックスや、よう聞きぃ」

「……」

「その男はんはなぁ、自分の犯した罪に耐え切れんかったそうや。たしかに、病院に落ち度はなかった。そやけど、リストラして医師の数をギリギリにしていたのは事実やそうや。もし、もう一人余分に外科医の当直を増やしていたら、男の子は助かったかもしれん。思い出すのは、自分の弟のことやったそうや。もう少し早く、お母ちゃんが病院に連れて行ってくれてたら、と思い出したんやな。お通夜《つや》に行って、その子の遺影《いえい》見たら、苦しくて息もでけんほどになった。それで……知り合いの伝手《つて》たどってなぁ、寺に修行に入ったんや。地位や名誉も、ぜ〜んぶほかしてな」

まさか、まさか……。すぐそばで、酸い臭いを発しているこの雲水が……。

ここで僅《わず》かに頷いた隠源を見て、勇は理解した。

（そうか、その修行先が満福院だったのか）

「男はんは雲水になって、全国を托鉢して行脚してはる。かれこれ、もう十年以上や。ただなぁ、年に一度だけ、男はんは京の町に帰って来はる。子どもたちに、お菓子届けるためにな。誰にも知られず、誰にも悟《さと》られず。そやけど、このところ、少し困ってはるみたいなんや。どこぞの誰かが、どうしても『祇園祭のサンタさん』の正体突き止める言うてなぁ」

もも吉の言葉が稲妻のように、勇の心を突き抜けた。

もも吉は、急に大きな溜息をひとつついたかと思うと、裾の乱れを整えて座り直した。普段から姿勢がいいのに、いっそう背筋がスーッと伸びた。帯から扇《おうぎ》を抜いたかと思うと、小膝をポンッと打った。ほんの小さな動作だったが、まるで歌舞伎《かぶき》役者が見得《みえ》を切ったかのように見えた。

「世の中にはなあ、知らん方がええこともある。聞かん方がええこともあるんと違いますやろか？」

「……」

それは間違いなく、勇に向けられた言葉だった。

「昔から、秘すれば花と言いますなぁ。もし、知ってしもうたら、聞いてしもうたら、辛い思いをするお人がおるんやないやろか。人の心を苦しめてまで、知らなあかんことはないのと違いますやろか」

強くはあるが、やさしさを含んだ瞳で見つめられた。

勇は、たじろぐことさえもできなかった。

どう答えたらいいのか。

勇は何も考えられぬまま、漏らすように言葉が出た。

「もしも……もしも、私がその男はんやったら、……誰にも知られたくない思います」

「あんたはんも、そうどすか」

と、もも吉が答えた。隠源が、低く絞るような声で言う。

「古くから『陰徳《いんとく》』いうんがある。善《よ》い行いは、陰でこっそりすべし。どこどこになんぼ寄付したと広言《こうげん》するんは好ましくないという教えや」

間違いない。ここにいる雲水の名は「隠徳」という。その名の響きも、偶然とは思えない。

もも吉の瞳が、急に緩《ゆる》んだ。

「うちは、花街で育った人間やさかい、粋《いき》な男はんが好きなんどす。陰徳……、なんて粋なんでっしゃろ」

隠源、隠善、美都子も、微笑みを取り戻している。

雲水の隠徳が……うつむいていた顔を上げた。

勇は、ハッとした。

その頰には、涙が二筋伝っていた。

大沼勇が去ってしばらく後。

「あかん、用事思い出したわ」と言い、急に隠源が立ち上がってバタバタと帰ってしまった。「僕はまだここにおるわ」と言う隠善を、いつもと反対に「お前も帰るんや、仕事があるやろ」と、耳を引っ張るようにして連れて行った。

すると、もも吉も奥へと引っ込み、その場には美都子と隠徳だけになった。おそらくは、もも吉と隠源の気遣いだろう。

美都子は、そこに「二人きり」でいるだけで、胸がときめくのを覚えた。

「美都子さん、タクシーのお仕事繁盛しておられるようですね」

「へえ、おかげさんどす、藤田《ふじた》はん」

藤田健《けん》。おそらく今、隠徳を、その名で呼ぶものはいない。

「一年ぶりやね」

「……」

そう、一年ぶり。

織姫と彦星。藤田に「今も君が好きだ」と言ってほしかった。もちろん、そんなことを口にするはずはない。

美都子は、藤田が雲水となってから、強く思いを寄せるようになった。己の過《あやま》ちを背負い、きっぱりと俗世間を捨て、仏門に帰依《きえ》したこと。なんとも潔《いさぎよ》い。それに加えて、誰と名乗ることなく、病気の子どもたちを励まそうと布施《ふせ》を続けている。

そういう生き方を「粋」というのだ。

その「粋」という生き様に惚れてしまった。

しかし、もう遅かった。

今さら「恋心」を抱いたとしても、彼は仏門という大きな壁の向こう側に行ってしまったのだ。「好きなんどす！」と、幾度、喉まで出かけた言葉を呑み込んだことか。だが、口にするわけにはいかない。もも吉が言うように、それを言えば、藤田が苦しむだけだと、わかっているからだ。

藤田が微笑んで言った。

「今日は、もも吉お母さん、いいことおっしゃってましたね。世の中、知らん方がええこともあると。私も同感です」

美都子は思った。

藤田を好きになってしまったのには、もう一つ訳があるのではないかと。藤田とは二十歳近くも離れている。心のどこかに、父親を慕《した》う気持ちが潜んでいるからでではないか。「こんな人が父親だったら、どんなにステキだろう」という願望だ。

美都子は、ハッとした。

そうだ！

もし、生きているとしたら、どこかにいるはずの父親。

その父親のことも……ひょっとしたら知らない方がいいのかもしれない。

いや、知らなくてもいいのだと。

もも吉が大沼を諭《さと》した「知らん方がええこともある」という言葉は、もしかした
ら、美都子にも投げかけられた言葉なのかもしれない。

美都子は幸せだと思った。

かなわぬ恋ではあるけれど、ほんのいっとき、こうして二人でいられることを。

今頃、宵山のにぎわいは最高潮を迎えていることだろう。

しかし、ここ「もも吉庵」は、お囃子の音ひとつ聞こえず静まり返っていた。

おジャコちゃんが、二人の真ん中でスヤスヤと眠っている。


夜が明けた。勇は、どう小鈴に言い訳をしたらよいものか、考えあぐねていた。

今日は、山鉾巡行がある。病院の前の大路を通るため、「屋上から一緒に見ような」と、小鈴と約束していた。今のところ、デスクからの緊急の電話もない。担当する事件も、一息ついたところ。安心して、病院へ向かった。

顔を見るなり、小鈴が心配そうに話しかけてきた。

「パパ、なんや疲れてるで」

「ごめん、ごめん、取材で徹夜やったんや」

嘘である。どう小鈴に話したらいいか、悩むうちに夜が明けてしまったのだ。

「もうすぐやさかい、屋上行こか」

「そうやな、日傘《ひがさ》忘れんようにせんと」

「うん」

屋上には、他の患者さんとその家族も大勢が見物に来ていた。病院が気遣い、簡《かん》易《い》のテントが設置してある。冷たい水やおしぼりの用意も。

「あのな小鈴……」

「なんやの？」

「う、うん……」

「なんや気色《きしょく》悪いわぁ、はよ言うてえな。うちが手術せん、言うと思って心配してるんと違う？　それなら心配あらへん。うち、早《はよ》う病気治して学校行かなあかんからなぁ」

「え？」

「そいで、ぎょうさん勉強して、パパみたいな新聞記者になるんや」

「え!? お前、新聞記者になるんか？」

「なに言うてんの。ああ、この前、七夕さんの時、仕事で来られへんかったさかい見てへんのやな。ちゃんと見てくれんと泣くで～」

「ごめん、ごめん、何をや？」

「短冊の願い事や。パパみたいな新聞記者になれますようにって書いたんや」

なんと泣かせることを言ってくれるのだ。小鈴に寄り添っていてやれないのは、仕事のせいだ。だから、てっきり、新聞社の仕事を嫌っていると思い込んでいた。

「そやからうち、『小児科タイムス』作ったんやないの」

「なるほど、そういうことか」

小鈴は、こぼれそうな笑《え》みを浮かべている。

「あのな、小鈴に一つ謝らなあかんことがあるんや」

「なんやの」

「祇園祭のサンタさん、今年も見つからへんかった……」

「なに言うてんの！ サンタさん見つけてどないするんや」

「え？」

「サンタさん見つけて写真撮るんか？　そんなん、粋やないでぇ。サンタさんはなぁ。いるようで、いないようで、それでもいるからええんや。違う？」

「む、む、……そうやなぁ、その通りや。そやけど、小鈴、祇園祭のサンタさんに会いたいって短冊に書いたこと……」

「そんな大昔のこと忘れたわ」

「え？　……忘れた」

「ええんよ、そんなん」

「ええんか？」

「だってな……」

「なんや」

「だって、だってな〜」

「なんや、なんや〜」

小鈴がいきなり、勇に飛びついて来た。

「危ないやないかぁ」

ギュッと腰に抱きつかれた。

「だってな〜うちのサンタさんは、パパやもん」

先頭を行く、長刀鉾の姿が見えて来た。
てっぺんにつけられている長刀がゆらりと揺れた。
コンコンチキチン、コンチキチン♪
鉾の前懸《まえか》けには、ペルシャ絨毯の絢爛豪華《けんらんごうか》な花文様《はなもんよう》がほどこされている。
「キレイやなぁ」
「雅《みやび》やなあ」
そんな溜息まじりの声が周りから聞こえた。
だが、勇にはわからなかった。
なぜなら、あふれる涙を堪《こら》えようとして、空を見上げていたから。
コンコンチキチン、コンチキチン♪
お囃子の音が勇の心の弦をやさしく撫でた。
その瞬間、頰を伝ったひと雫が、小鈴の頰にポツリと落ちた。

著者紹介
志賀内泰弘（しがない　やすひろ）

作家。

世の中を思いやりでいっぱいにする「プチ紳士・プチ淑女を探せ！」運動代表。月刊紙「プチ紳士からの手紙」編集長も務める。

人のご縁の大切さを後進に導く「志賀内人脈塾」主宰。

思わず人に話したくなる感動的な「ちょっといい話」を新聞・雑誌・Ｗｅｂなどでほぼ毎日連載中。その数は数千におよぶ。

ハートウォーミングな「泣ける」小説のファンは多く、「元気が出た」という便りはひきもきらない。

ＴＶ・ラジオドラマ化多数。

著書『5分で涙があふれて止まらないお話　七転び八起きの人びと』（ＰＨＰ研究所）は、全国多数の有名私立中学の入試問題に採用。

他に『№1トヨタのおもてなし　レクサス星が丘の奇跡』『なぜ、あの人の周りに人が集まるのか？』（以上、PHP研究所）、『京都祇園もも吉庵のあまから帖』（PHP文芸文庫）、『なぜ「そうじ」をすると人生が変わるのか？』（ダイヤモンド社）、『ココロがパーッと晴れる「いい話」気象予報士のテラさんと、ぶち猫のテル』（ごま書房新社）、『人生をピカピカに 夢をかなえるそうじの習慣』（朝日新聞出版）、『眠る前5分で読める　心がほっとするいい話』『眠る前5分で読める　心がスーッと軽くなるいい話』（以上、イースト・プレス）、『365日の親孝行』（星雲社）などがある。


目次、登場人物紹介、扉デザイン―― 小川恵子（瀬戸内デザイン）

この物語はフィクションです。

本書は、月刊『PHP』に連載された「京都祇園『もも吉庵』のあまから帖」（2019年3〜5月号、7月号）に大幅な加筆をおこない、書き下ろし「都大路 涙ににじむ山と鉾」を加え書籍化したものです。

ＰＨＰ文芸文庫　京都祇園もも吉庵のあまから帖２

2020年７月２日　第１版第１刷

著　者　志賀内泰弘
発行者　後藤淳一
発行所　株式会社ＰＨＰ研究所
東京本部　〒135-8137 江東区豊洲5-6-52
第三制作部文藝課　☎03-3520-9620(編集)
普及部　☎03-3520-9630(販売)
京都本部　〒601-8411 京都市南区西九条北ノ内町11
PHP INTERFACE　https://www.php.co.jp/
組　版　有限会社エヴリ・シンク
印刷所　図書印刷株式会社
製本所　東京美術紙工協業組合

 ISBN978-4-569-90018-6

PHP文芸文庫

京都祇園もも吉庵のあまから帖

志賀内泰弘 著

京都祇園には、元芸妓の女将が営む「一見さんお断り」の甘味処があるという——。ときにほろ苦くも心あたたまる、感動の連作短編集。

PHPの本

5分で涙があふれて止まらないお話

七転び八起きの人びと

志賀内泰弘 著

月刊誌『PHP』の連載で大人気だった読み切り小説を書籍化。あたたかい人情あふれる商店街を舞台にした感動の物語。感涙必至の一冊。

翼がくれた心が熱くなるいい話

JALのパイロットの夢、CAの涙、地上スタッフの矜持…

志賀内泰弘 著

日本航空が破綻から再生に至る過程では、社員は屈辱の辛酸を舐めた一方で、温かい励ましや支援ももらった。その感動の実話集。

N0.1トヨタのおもてなし
レクサス星が丘の奇跡

志賀内泰弘　著

接客、メンテナンス、アフターサービスを通しておもてなしに徹し、ゼロから立ち上げ日本一になった「レクサス星が丘」の奇跡を紹介する。

PHPの本

「いいこと」を引き寄せるギブ&ギブの法則

志賀内泰弘 著

与えても見返りを期待しない「ギブ&ギブ」。その真理に気づいたとき、風前の灯だった島は息を吹き返す！ 自己啓発サクセスストーリー。

PHP文芸文庫

第6回京都本大賞受賞作品

異邦人《いりびと》

原田マハ 著

京都の移ろう四季を背景に、若き画家の才能をめぐる人々の「業」を描いた著者新境地のアート小説にして衝撃作。

PHP文芸文庫

第7回京都本大賞受賞の人気シリーズ

京都府警あやかし課の事件簿(1)~(3)

天花寺さやか 著

人外を取り締まる警察組織、あやかし課。新人女性隊員・大にはある重大な秘密があって……? 不思議な縁が織りなす京都あやかしロマンシリーズ。

PHP文芸文庫

京都西陣なごみ植物店(1)〜(4)

仲町六絵　著

「植物の探偵」を名乗る店員と植物園の職員が、あなたの周りの草花にまつわる悩みを解決します！　京都を舞台にした連作ミステリーシリーズ。